魔豆

玫瑰色鬼室友

My Dear Ghost Roommate

vol. 8 下

禍潮湧現 完

林賾流——著
哈尼正太郎——插畫

玫瑰色鬼室友

vol. 8 下

禍潮湧現

目錄

Chapter 11 / 業海

「小艾！」戴姊姊首先驚呼，眾人連忙包圍關切。

「沒事，我緩緩就好。」清空胃後我反而舒服多了，就是第一次體驗吐血有點驚悚。

蘇亭山立刻為我把脈，也說我還不到病危，等救護車時我還有餘裕去廁所洗手漱口，再被載去村裡的地下醫院。做內視鏡檢查發現是胃出血，幸好不嚴重，過一會兒就自動止血了，蘇醫師判斷暫時留院觀察，萬一不行再手術，我就當順便檢驗崁底村的醫療能量了。

堂伯本來就有為雙胞胎準備私人診療處，加上我之後更是全面升級，光是這幾年蘇靜池就以維護ＡＲＲ超能力者健康的名義從祕密結社裡撈到可蓋一間醫院的贊助，對某些人而言，若能因此建立超能力者的醫療體系，這點錢還太便宜了。地下醫院平時還能接一下不方便去正規醫院的委託，比如病患不是人類或病情超乎科學常識這種，這邊我也丟給蘇雁聲去管理。

做好萬全準備卻因急病重傷在救護車上被暗算掛點就好笑了，我本來就計畫在崁底村戰鬥中盡可能在地急救治療，另外也有兩支醫療團隊在鄰鎮待命，真的無法應付再送大醫院。

「以防萬一，檢體先送去台北做全面毒物檢測。」蘇靜池吩咐蘇醫師，大家都跟著我移師到地下醫院。

「伯伯，我就是胃潰瘍啦！」

「之前怎麼不說！」

「人家也沒發現嘛！因爲超能力的關係本來就食慾不好。」我躺在病床上打哈哈，還是特殊武裝防暴動的ＶＩＰ專用病房，其他人在外面繼續討論。

我拉住堂伯，希望單獨對話。術士一定能偷聽我們談話，重點是其他活人聽不見，堂伯無論如何都不打算對外姓人洩漏的部分，恐怕是巨大的家族醜聞。

「伯伯，你還是沒說蘇嵐怎麼被冤親債主害死，具體手法呢？我一直以爲自己沒夢到是沒必要知道，現在想想，是不是我潛意識知道直接問你更快？我必須知道細節，事關爺爺必須附身去追捕的對手。」

蘇靜池表情悲傷。「冤親債主控制妓女讓蘇嵐感染梅毒，當時盤尼西林才剛問世，不幸他卻對青黴素過敏，換其他抗生素藥物治療效果不佳，想必是蘇福全一直暗中動手腳。蘇嵐不在乎病情惡化，他本性追求毀滅，奇妙的是，卻總是對湘水公言聽計從，又愛又恨，人性往往就是這麼矛盾。」

我懂，我完全懂，蘇湘水也有他的「無名氏魔王老二」要養。「蘇福全這個人渣，果然像他的手段。」我咬牙切齒。

「小艾，妳繼位當天找出更動族譜的長子祕密，我才終於讀懂一件事，蘇嵐生前縱使沒有靈能力，不知文滔天是誰，但以他的敏銳肯定早就懷疑並嫉妒著那個被湘水公毫無保留傳授所有的祕密存在，就像我明白自己不是二叔的第一選擇，更糟的是，蘇嵐可能連第二位都不是，他只是蘇家過渡到蘇洪清手上的備胎，二叔才是那個眞正珍視並願意守護蘇家的人。」蘇靜池沉沉地說。

一開始就不受期待的事實，對蘇嵐這種龍姿鳳采的人物來說太過致命，在我看來，蘇湘水搞不好只是單純希望長孫提早退休養病生小孩疼老婆這種理所當然的關心而已。

「蘇湘水命令蘇嵐治好病，生一個乾淨的繼承人，蘇嵐卻不打算乖乖服從，選擇了另一種令人髮指的手段延續後代。那位女性拒絕和他指定對象出軌受孕，堅持守貞，他卻讓妻子的初戀男子強暴她，爲了得到小孩。蘇嵐對待她的方式也很特殊，親暱疼寵，毫不隱瞞，彷彿……」

「彷彿當成有存檔功能的寵物嗎？我呸。」簡直不敢置信。

「生一個沒有蘇家血緣的繼承人像是某種惡作劇，他是那種不屑後代的狂人，蘇湘水的要求不啻說『你沒有利用價值』了，加上蘇湘水辭世也是一大打擊，也就是那時蘇嵐開始走向末路，即便沒有因病更加瘋狂，他始終是個極端聰明的危險分子。」

「如果敵方有個前族長等級的人，祖先集體神隱就說得過去了。」我說。

「我聽說陳鈺老師本來想救蘇嵐妻子肚裡的不足月胎兒，她卻說要生那個鬼胎她寧可自殺，最後只好放棄。」堂伯最後補上令人心酸的一筆。

豈止反社會人格，他喵的是個控制狂啊！我聽完祕辛後全身發寒。蘇嵐死後若成了惡鬼和蘇家作對，肯定知道蘇湘水栽培出一個境主，而我五年前還讓溫千歲成爲蘇湘水名正言順的長子，同在宗祠受香火，根本就騎到蘇嵐頭上去了，牌位也的確擺得比較高。

這仇不知不覺結得挺大的，忽然覺得蘇福全算可愛了，至少每次都眼高手低地來，讓我還能見招拆招。事到如今，乾脆把指揮中心換到地下醫院，這邊不管死守或治療都很方便。堂伯見我暫時恢復了，這才首肯讓其他人進來繼續中斷的話題，結果在我檢查治療時，大家已經差不多敲定由主將學長擔任爺爺替身的施行細節。

「就在妳隔壁的空病房進行，這樣小艾放心了吧？但妳不能看。」主將學長溫柔地拂開掉在我臉上的一縷頭髮。

此時都鬼主走進病房，我早就習慣這對師徒的神出鬼沒，同樣擁有鬼王候補資格的她此時留在崁底村談不上明智之舉，卻是令人無比安心的一位我方大BOSS。

「只剩妳不知道儀式過程，我特地來解釋一下。」都鬼主親切地說。

「親……親友價嗎？」我眞佩服還能說出這句話的自己。

「特別免費招待哦！畢竟是爲了滿足好奇心，另外這個人的狀況我無法擔保，眼下沒有比我更適合幫他離魂的專家，就不收費了。」

主將學長的魂魄對都鬼主來說這麼有吸引力嗎？我有點五味雜陳。

長髮女子在病床邊坐下，線條優雅的側臉與凹凸有致的身材正對著我，黑髮如同飛瀑般自然瀉下，每當都鬼主不綁頭髮，姿態愈是放鬆自然，便是她要動用能力之時。

「如今的丁鎮邦除非瀕死或精神崩潰，否則無法附身，爲了讓他在狀況極佳時擔任替身，必須使他的身體成爲空殼，因此我要移出他的魂魄放在小竹筒裡交給刑玉陽保管。」

「辦得到嗎？上次在山裡連法術也沒辦法用在學長身上。」

「他抵抗意識很強，因此，現在需要小艾讓他安心並積極配合，妳就給他打打氣吧！」都鬼主藉長髮的遮掩，背著主將學長給我一抹詭笑。

「吭？」不是我不上道，而是都鬼主這句發言太謎了。

「總之，就是讓他的魂魄睡著，拿出我的畢生功力大約還是辦得到。」都鬼主說。

「爲什麼不是妳來保護他的魂魄？刑玉陽那邊算最前線，帶著學長的魂魄不是很危險嗎？」我問。

「生靈和肉體始終存有聯繫，一旦他感覺不安或者清醒了，本能就會尋求肉體的庇護，而我也不能一直把力量浪費在壓抑他的魂魄上，最好是讓丁鎮邦的魂魄自然靜止一段時間。妳和刑玉陽都能安撫他，但……」都鬼主忽然俯身貼著我的耳朵說：「他的魂魄才是最危險的存在，妳若有個萬一會直接引爆他的前世記憶，明白嗎？」

我點頭如搗蒜。

「但是什麼？」主將學長忍不住問。

「但是哥哥那邊只有一個人，都鬼主說帶著你的魂魄必要時說不定能幫助他，學長心燈那麼亮，搞不好能當閃光彈，這些鬼都會附身，像薇薇也會替我卡位。身上有重要的東西，情況不對時至少哥哥才會想到退場自保。」我趕緊圓場，忽然覺得自己說得很有道理。

「不用避著我說，阿刑對我來說也很重要，小艾身邊有大家保護，我不會放他孤軍奮戰。」主將學長同意將戰力做更合理的分配，表示他不會任性吵著非親自守護我不可。

並非我們不想派人幫刑玉陽助威，但雜魚手下反而是拖後腿，後來敲定讓刑玉陽單兵行動自由發揮了。

「還是有危險，不然我何嘗不想把學長的魂魄鎖在保險櫃裡。」我說話的同時，都鬼主伸手梳過我的頭髮，抽出幾根自然脫落的雪白長髮。

「加了小艾的頭髮，你應該會乖一點。我去製作憑依用的媒介，你們有半小時獨處時間。」都鬼主對主將學長說。

主將學長看了看門口，都鬼主故意慢吞吞地走出去，不過她倒是好心幫忙把門反鎖了。

「謝謝你，學長。」哪怕都鬼主表現得胸有成竹，但在這場大苦因緣的終結災難中，沒有人是安全的，我只是盡量不去意識每個人都在賭命的事實。

「還有什麼我能爲妳做的事？」

「我的行李裡有一盞銅製蓮花燈，亭山先生一直很想要，好像是能吸精氣的法器，他應該知道怎麼用，你幫我拿給他。」再不濟也是個劫前之物，緊急時刻丟出寶貝讓妖怪們去哄搶應該不錯，反正我不是很想要那盞燈。

「好。」

他坐在都鬼主之前坐過的位置，又是一道風景線。「蘇醫師說妳的情況暫時還算穩定，不過要充分休息。接下來的一天一夜，答應我不會動用超能力。」

我用雙手捧著他刺青的左腕。「我不能保證，要看戰況發展，擒賊先擒王，希望爺爺能快速拿下蘇嵐，說不定還眞沒我的事，學長你的配合攸關成敗。」

若說當上蘇家族長有哪些進步，那就是我見人說鬼話的技術變好了。之前沒探測到蘇嵐的阿克夏記錄，一定是這個存在必須留待關鍵時機出手，無論如何我都要拿到蘇嵐的弱點情報，才能讓爺爺早日解決他，進一步保證主將學長的安全。

「我就知道妳會這樣說。」他看著我苦笑。

那又何必問呢？學長你明明不是這麼天真的人。

「如果能一邊掌握妳的情況一邊戰鬥，我或許還能保持信心，現在你們卻要我睡一覺，我害怕醒來時妳已不在，小艾，我沒有堅強到那種程度，真的沒有。」

都鬼主說中了，主將學長愈是不安，對離魂的抵抗程度就愈大，哪怕他願意配合，潛意識卻不是這麼乖巧的東西。

完全隔音的病房裡，時鐘滴答聲清晰可聞。

主將學長已經率先獻身，一直扭扭捏捏，連我都看不起自己。

「來做吧！」我衝口而出。

「做什麼？」男人一臉莫名其妙。

奇怪，男生平常對關鍵字敏感得不得了，我來真的他反而當機了。

「沒戴保險套是不良示範，不過以後還有時間再來煩惱也不遲，也不是真的無法處理的問題，學長你看著辦吧！」我親了親他的指背，主將學長眼神立刻變暗了。

他反握住我的右手，一把壓在我的頭側，另一隻手壓住我頭頂上方的長髮，整個上半身覆了下來，我像隻被釘在木板上的蝴蝶，只能任憑他由淺至深凶猛地親吻。

一旦豁出去，好像也沒有想像中困難，毋須言語便能感受他身上巨大的喜悅，我反而冒出淡淡後悔，只是接吻和撫摸就能讓主將學長這麼快樂的話，或許應該早點試著交往，但我總覺得自己能給他的東西太少，少到我光是拿在手上掂量就自慚形穢又藏回口袋裡。

主將學長愈親愈起勁，偶爾也會用嘴唇蹭蹭臉龐五官讓我換個氣，這個動作讓我聯想到一頭極為孤獨的野獸。好幾分鐘過去了，我的釦子還是好端端待在原地。

即便如此我還是氣喘吁吁，眼睛開始濕潤，他貼著我的脖子發出一聲嘆息，主將學長如果再舔兩口我可能要流眼淚了，分不清自己是什麼感覺，只是很激動。

「不做嗎？」我又確認了一次。

他戀戀不捨地放開我，還替我整理頭髮和被子，蘇小艾依然是個模範好病人。

「隔壁一堆親朋好友在等待，場所不夠隱私，緊急時刻只剩二十分鐘，完全口惠實不惠的誘人提議，學妹，我非常不欣賞妳沒誠意的態度。」主將學長用大拇指摩挲我的嘴唇說。

「結果還不是親了。」我咕噥。「就是一時衝昏頭才說得出口。」

冷靜下來想想，我和主將學長都同意不用等到鈕釦開到第二顆，就會有人衝進病房制止。有點可惜，和他這輩子就這樣陰錯陽差止步於這一刻，因為我有預感自己沒有「以後」了。和他之間變成了浪漫又唯美的、許洛薇最喜歡的那種關係，但我依然會為主將學長的執著感到心痛。

「薇薇以前跟我科普過，男人平均做愛時間是七分鐘，十分鐘可說水準之上，二十分鐘應該不算趕？」我扳著手指頭數數，順便把氣氛拉回比較輕鬆的刻度。

主將學長額角冒出一條青筋，他發揮強大的自制力和顏悅色地看著我，說出石破天驚的那句話：「所以我們現在算是正式交往了？」

「對。」打開的貓罐頭，潑出去的水，我蘇晴艾還不至於孬到不負責任。

「很好，我有動力了。」主將學長言簡意賅。

「為我睡到適合的時刻再醒，拜託。」我輕聲請求。

額心相印，不知怎地我覺得這個動作比接吻更親密，充滿祈願的意味，主將學長沒再多說隻字片語，開門離去。

□

我恍恍惚惚躺在床上等著，直到戴姊姊進來告訴我儀式成功，刑玉陽帶著裝有主將學長魂魄的小竹筒前往村口接戰，這時天色剛剛暗下，啟動病房裡的大螢幕，立刻可看見各處哨點傳來的最新畫面。

刑玉陽所在處的監視器第一個損壞，即便監視系統受攻擊在意料之中，我還是倒抽一口涼氣，只能靜待刑玉陽判斷沒問題後再通知指揮室讓維修班過去，比物資我們這邊可是發動了財團之力，就是要噎死你們這群獅子大開口的老鬼！

目前尚未爆發衝突，但從監視畫面中村人緊張表情可知，周遭不對勁的氛圍正在增強，怪異徵兆愈來愈多，大人們在地下醫院另一處眞正的指揮室，我只能看到過濾後的資訊。

「蘇先生說，這種實打實的攻擊行動，如何調度快速反應，妳的判斷力還不如派出所警察，而妳用超能力看過太多我們不知道的衝擊畫面，已經非常污染精神了，他要妳大概知道情況就好，剩下的時間養精蓄銳。放心，我也在旁邊看著。」戴姊姊則是一邊照料我的生理需求，同時來回指揮室跟進最新情況。

他們的考量沒錯，而我這邊也醞釀著只有蘇晴艾才辦得到的事。早上才剛吐過血，就算我想不顧一切地用超能力奮戰，長年柔道訓練給我的教訓是，撐完一場戰鬥才是現實考驗，我須恢復基本體力和安定情緒，蘇嵐肯定是個特別耗能量的目標。

「好像比較有精神了，和鎮邦啵啵後的妳。」戴姊姊摸摸我的臉頰說。

「病房監視器不是說好剩下我一個人時才能開？」我大驚失色。

「放心，目前沒打開，只是小艾的樣子太明顯，鎮邦也是。」戴姊姊對著我頑皮地笑了笑。

我想用棉被悶死自己。

「這是好事，小艾總是一副壓力很大、看起來對那方面沒什麼慾望的樣子，這是我第一次發現妳有點放鬆了。」戴姊姊說。

「不是啊！我覺得自己應該算是天生沒需求的那種，不交男朋友一樣可以穩穩過日子。」雖然也會好奇親密行爲，卻完全不打算忍受令我不愉快的對象或相處方式。

「是小艾沒經驗又壓抑太久了，我也覺得一個人最輕鬆，有時候還是會慾求不滿，不亂來是對的，但小艾有個很好的對象，讓他來安慰一下是雙贏。」戴姊姊說。

「姊姊我們不一樣啦！妳比較正常，只是遇人不淑，就算偶爾找個牛郎服務我也支持。」

「妳要是眞的沒需求，爲什麼被鎮邦接近會那麼緊張？」

戴姊姊一針見血戳得我有點痛。另外爲啥是主將學長安慰我？剛剛明明是我安慰他好嗎？主詞不能換，這是面子問題。

「學長他也很不一樣……」我只能很弱地這樣回。

「我的意思是，要慎重地判斷，該放棄的就放棄，即使只爲了一個人活下去也絕對不是壞事。」戴姊姊握著我的手說。

「如果只能選一個人，妳選誰？」我的問題很尖銳。

「妳。」

我閉起眼睛，再度張開時戴姊姊的表情仍然不變。

「是小艾的想法和行爲讓我這樣決定，妳太讓人不放心了，卻不是每個人都被容許留在妳身邊，妳可能沒意識到，其實妳是非常挑剔的人。」

「我希望佳茵姊可以擁有自己的幸福。」希望許洛薇、刑玉陽、堂伯、大家都能過著自私自利的生活，不用經常被某個人的吉凶禍福絆住，甚至招來殺身之禍。

「我已經很幸福了，謝謝妳，小艾，妳讓我的生活很有意思。」戴姊姊微笑。「這一次請務必讓我也參與戰鬥。」

「幫我管住小潮可以嗎？原因我不能說，但他的生死關係我們全體安危。」這一點我還眞得仰仗她了。

「既然妳如此希望，我就盡力去做。」戴姊姊只差沒穿上燕尾服單膝下跪了，玫瑰公主的管家完全敗北，怎麼有人能在現實裡把這句話說得這麼帥氣呢？眞想叫甜言蜜語氾濫的葉世蔓來學習怎樣才是扣人心弦。

「我眞的不適合當大小姐，總之謝謝了，被你們這樣擔心照顧的我雖然不好意思，但一樣很幸福。」我誠心誠意地說。

對講機傳來雙胞胎的召喚，小潮和小波也負責監視一些較不重要的哨點與隱藏鏡頭，他們建議我最好到指揮室來一趟，似乎是發現異狀。

戴姊姊攙著我下床，雖然我可以自己走，還是捨不得拒絕她的好意。走出病房時，發現隔壁房門敞開，裡頭空無一人，爺爺已經無聲無息來過，附上主將學長的身體開始行動。

再怎麼想念爺爺奶奶，仍是這樣錯過了，我唏噓不已。

跟著戴姊姊來到更深處的指揮室，我一邊murmur又不用防飛彈，蓋這麼深幹嘛？當初地下醫院改建時蘇雁聲很堅持，我以爲是男人的浪漫就由他去了。如今看來，指揮中心在地下，實體敵人的確比較難進攻，無形類則要面對都鬼主師徒和王爺兵團這些恐怖對手。

這時地下醫院忽然陷入黑暗，數秒後，備用電源啓動，照明再度恢復正常，但是螢幕上大多數畫面都消失了，僅存的畫面也看不見民居燈光。

「他們果然攻擊變電所和基地台，手機通訊目前極不穩定，崁底村和附近幾個村子都大停電，電線桿也被推倒了幾根。」蘇雁聲透過耳機接收村人即時報告後彙整重點。

光纖網路和短波無線電還能用，卻開始出現明顯的不穩與沙沙聲，靈騷現象增強了。

「立刻進入第二階段。」我握緊手心，剛好遇上電力被癱瘓的瞬間，背上一層冷汗。

第二階段是指夜間照明作戰，崁底村家家戶戶都備有燃油發電機和足以讓每個人當縱火狂的煤油汽油，火是人類對付野獸與遠古恐懼最大的利器，刀、火、鹽都是生存必需品，同樣被賦予祛邪的重要意義。

戶外除了白天就開始燒起的落羽松篝火，利用松煙祛邪驅蟲，還有多處已經疊好的木柴，角落到處放著燈篙，劈開竹子尾端夾進可樂玻璃瓶，裡面裝滿燈油塞進布條，隨時都可以當火把，往妖怪身上一敲就是妥妥的油焰攻擊。

村人現在準備點燈掛燈並擺出酒食菜肉，崁底村將會持續日夜通明的流水席，到處都有露天小電影和遊戲攤，將肅殺警覺隱藏在歡慶佳節氛圍之下的戰場。

蘇嵐，我要招待你的妖鬼大軍了，如你所願，超級豐盛的供品誘惑，你維持得住軍紀嗎？本人蘇晴艾可不來光明正大那一套，準備吃我的超限戰——超越下限的戰術加戰略！

「小艾姊姊妳還好嗎？」小波拉住我的袖口，眉宇間滿是擔心。

「才剛開始，我卻有點累了。溫千歲已經好幾天不跟我說話，這次一定要讓他刮目相看。」溫千歲從頭到尾沒加入崁底村應戰計畫，只是照舊維持王爺廟的例行故事，異常冷淡。

確認各大團隊都動起來後，我也不能繼續浪費時間了，速速用ARR超能力確認蘇嵐到底是何種情況！

□

蘇嵐的阿克夏記錄流暢得就像一本導覽手冊，或許是迴光返照的關係，這是我施展超能力最得心應手的一次，彷彿才過了幾分鐘，醒來時卻已經凌晨三點，探測到的內容卻讓我用對講機急召戴姊姊。

豈料戴姊姊沒出現，來的卻是憂心忡忡的蘇靜池。

「戴姊姊呢？我夢到蘇嵐情報了！本來要請她轉告你們過來聽。」

「她臨時有急事離開地下醫院。」

這個答案同樣令我措手不及。「什麼急事會讓她擅離職守？我要她顧好小潮，難道是小潮出事了？」

「他們兩個都被我叫去空病房睡覺，佳茵堅持那是她的私事，她要請假親自處理。她在前來避難的蘇家表親監控畫面裡發現疑似養母的女性，對方似乎整形過，她不是很有把握，相當緊張。」蘇靜池說。

那不就表示戴佳琬入侵了嗎？「什麼時候？為何沒攔住她？」

堂伯一開始就是被戴姊姊自身的靈異遭遇吸引，知道她的養母被妹妹戴佳琬綁架的事，這些年我們也沒放鬆過對戴佳琬的防範，這隻怪鸞宛若狡猾的流行病，上次大爆發後迄今不知潛伏何處。

「我當然阻止過，提議派人找到那個女人讓她線上確認，直接接觸太危險，但她堅持不讓，說是不想浪費人力和驚擾已經很不安的村民，另外村內秩序目前還算穩定，她可以順便代替妳到第一線巡邏，而她只要當面目視對話就能確定對方是否真是她的養母。我只好讓保鑣護送她。佳茵一小時前離開，妳還在睡。」堂伯說戴姊姊的要求其實很合理，如果不是想特別保護小潮的救命恩人，他也同意戴佳茵是最適合代表我露面慰問打氣的人選。

「我在專屬頻道呼叫她沒反應。」

「有可能切到戰況頻道或其他分組頻道，或者剛好有訊號干擾，如果她出事，保鑣會立刻通知我，小艾，我不會對她坐視不管。」

堂伯這麼保證後，我再不安也只能顧全大局，立刻將蘇嵐的一切和盤托出。

「蘇嵐為了得到力量進行過類似生祭法的儀式，也是利用大量動物獻祭，如果說譚照瑛是失敗例子，蘇嵐應該是成功的那一種，不過沒有一個用來復活的屍體，他是魂魄直接變成別種東西，一種妖怪喜歡並且願意聽他命令的存在。」

「小艾，妳以前說過生祭法不可能由外人施行成功，那是都鬼主一脈的密術，但失敗操作手法卻可能意外生出妖怪。」蘇靜池立刻調出相關討論。

「由人變過來的『化妖』是妖怪界的科學怪人，妖怪對虐殺動物累積怨念業力催化的過程睜隻眼閉隻眼，多少有看笑話的意味在，這種轉化妖怪的確很強，但往往最喜歡害人，討厭人類的妖怪當然樂觀其成。」我也是後來向蘇亭山打聽才釐清這部分的差別。「妖怪想看人類自相殘殺，可不是期待化妖加入己方。」

「這不是爺爺附身主將學長就能對付的敵人，我們都搞錯了！術士在哪裡，他沒說實話！」我生氣了。

「亭山公和都鬼主大人像煙霧一樣難以捉摸。」蘇靜池聽了皺眉。

「伯伯，你得快點派人去王爺廟看看情況，我最後夢到溫千歲和蘇嵐打起來，蘇嵐用一截斷骨刺進王爺胸口，王爺則用扇子削掉他半顆頭，斷面卻冒出很像水蛭的噁心東西，時間太接近了，我不確定是現在進行式還是預言幻象。」

「好，我立刻動身。」

「我不是讓伯伯從安全屋出去的意思。」我拉住他。

「但王爺廟的確從剛剛開始失聯，無線電非常亂，村裡要有人代表現任族長在第一線慰問穩定人心，恐慌比惡鬼和妖怪更致命，我也可以順便和佳茵會合。還有關於蘇嵐的重點嗎？他到底想怎麼對待蘇家，和蘇亮春的說法是否一致？」

我搖搖頭，「他要重新統治蘇家，然後進攻某處城隍還未上任的陰間，把那裡的蘇家魂魄搶回來奴役，簡單地說就是想把陰陽界搞得亂七八糟。」

堂伯沉默一陣後，伸手摸摸我的頭頂。「去睡吧小艾，眞正的睡，妳做得太多了。」

「爺爺那邊怎麼辦？」

「二叔應該也是有備而來，相信大家能應付這些挑戰，好嗎？」蘇靜池說。

熟悉的親友一個接一個走出堡壘迎向未知宿命，我對此無能爲力。我一進病房，堂伯就鎖上房間電子鎖，確保沒有人能進來，我也出不去，這是監護人不在時我們說好的安全做法。

無線電不管怎麼切換都是沙沙聲，一定是妖怪對電波通訊動手腳，不可能所有人都不在了。

我得休息繼續夢，還沒看到蘇嵐弱點，身體卻像結塊的麵粉，僵硬卻稍碰即碎，大腦既疲憊又亢奮，幾個小時過去仍然無法眞正睡著，只能任意識乾乾地煎熬著，迷迷糊糊之間聽見牆上對講機傳來雙胞胎告別的聲音，我想阻止卻動彈不得。

「小艾姊姊，大家很努力了，剛開始效果眞的不錯，可是敵方數量遠超過預期……好幾十倍！蘇嵐根本不打算指揮手下，他只是掀起暴動，我們這邊損失愈來愈嚴重，我們要去找爸爸了，他可能有危險。」小波聲音仍然很冷靜，卻能聽出他在強撐。

別讓小潮去！我絕對不允許這個孩子變成鬼王！

我費力地張開嘴唇，卻無法吐出半個字，彷彿全身血管乾枯，再怎麼休息仍被疲勞吞噬，和蘇靜池對話時我就已經到了極限。

等著等著，時間一點一滴被清醒的恐懼咬成碎片，等到戴姊姊為我設定的鬧鐘響起，十二個時辰剛剛過了，爲何沒人回來？都鬼主呢？帶著主將學長魂魄的刑玉陽呢？爺爺打敗蘇嵐了嗎？到處支援的葉世蔓已經很久沒有消息了，一切都和我預估的不一樣。

到底發生什麼事了？

再次能動時，鼻子忽然湧出大量液體，不痛，但我伸手一抹掌心都是血，剛挺腰想坐起，胸口就像被一片水泥牆壓著，肋骨邊緣陣陣刺痛，我喘著氣磨蹭著滑下床，搖搖晃晃走到廁所時上衣已慘不忍睹，我脫掉衣服洗淨手臉，鏡子裡的臉灰敗得和死人沒兩樣，回到病床邊找戴姊姊早先拿來的提包，裡頭裝著備用衣物。

不是平常穿的便服，而是我特別請戴姊姊去訂製的短襬長袖米白素色古裝，模仿我在溫千歲前世記憶裡的穿著，本來是想在情況危急時裝成師父哄騙小潮改變心意，結果根本來不及追上他們。

心跳過快而且不太規律，胸口很悶喘不上氣，不用會醫術我也知道這個身體撐不住了，理論上不可能離開的蘇醫師同樣不在，我祈禱他發揮專長救愈多人愈好。

躺回床上，至少我成功讓自己沒那麼狼狽了，甚至有點莊嚴，也許第一個發現我的親人不會那麼難過，好吧！我在自欺欺人。

最後一次成為阿克夏記錄開閱者，不再返回的遠遊，我要找到前世的自己。

□

夜晚海洋一望無際，天空同樣是深不可測的黑暗，我飄浮在海水上方，粼粼波光透著險惡，我是一只失去繫繩的紙風箏，隨時可能被狂風打落再遭大浪吞噬。

忽然間大海開始轉動，形成碩大無朋的漩渦，漩渦深處發出令人肝膽俱裂的恐怖聲響，有如無數魂魄被碾壓絞碎的呻吟呼喊。

這就是我的阿克夏記錄，沒想到自己的因果庫存居然這麼誇張，原來不是夜海，而是業之海。

「如果妳看見這個夢，表示妳一直沒停止做傻事，終於要死了，開心嗎？」一道微微沙啞的低柔男聲在我背後響起。

「老二？」是記憶中前世的無名氏魔王，身披孔雀裘、有著美麗長髮的絕色青年，他的聲音與眼眸更帶著極致的魔性魅力，顛倒眾生是他的天性與專長。

「可惜我無能爲力，這只是我四年前告別時順手設的夢境留言而已，誰教妳一直狀況外的樣子，師父。」無名氏魔王說。

我伸手去抓魔王的長辮子，他視線完全沒偏，果然只是幻影ＮＰＣ，心裡有點暖暖的，老二嘴上不客氣，結果還是捨不得放我一個人消失，即便我是令他失望的轉世，他獨特的溫柔還是讓我會心一笑。

無名氏朝下一指道：「這就是我聽見的，妳的因緣被業力彈動的聲音——狂暴的海嘯。」

我不由得低頭望去，漩渦有如要吞噬世界般怒吼著。

「通常一個人的緣分就是線，要出現生生世世的交集也沒那麼容易，師父，妳更早的前世到底幹什麼吃的，居然能積聚成海？」無名氏魔王帶著不可思議的口氣道。

你問我我問誰？人家連最近一次的前世都想不起來。

會讓我想拯救一千個罪大惡極的魂魄免入地獄的業又是從何而來呢？無窮無盡的輪轉只不過是這個漩渦的一部分，既非起源，也非終結。

這個擋在我前進路線上的夢境畢竟是無名氏魔王的設計，隨著他的心意變化，大漩渦轉速漸慢，直到徹底靜止，海面平滑如鏡，浮現不久前自己才見過的鏡中倒影。

「然後，這就是今天。」無名氏魔王道。

儘管還是有點娃娃臉，比起遇到無名氏魔王那時當然是更成熟了，多出些微眼袋和細紋，沒空練柔道乾脆留長的頭髮，過度使用超能力褪成雪白的髮色，在在都讓我判若兩人，直到最後一天耗光所有能量幾近活死人狀態，四年前無名氏魔王就是感應到這樣的我嗎？

漩渦下方就不是夢境了，我每次使用ＡＲＲ超能力遭遇的黑暗正是這個核心的外層薄膜，生與死的輪迴繞之打轉，意識的誕生與歸藏處，稱之爲種子。

阿賴耶識，葉世蔓一度進入過的終極倉庫，眞正的蘇星潮沉睡的地方，被都鬼主形容爲比死更深的陷落，遭「無明」的巨殼包覆，陽世的招魂、至親所愛之人的呼喊都無法聽見，實在恐怖。

——但也著實平凡。畢竟是人人都在走的路，甚至同一個魂魄還生生死死了Ｎ次，把看見這種理所當然的過程稱爲超能力簡直笑死人。

「妳要是不執著於拯救大家的話，哪怕當鬼也還是能留在世間飄盪，或者用孟婆湯壓抑意識投胎，意識不消失的話習氣也沒那麼容易斷絕，所謂前世的影響就是這樣，至少妳下輩子會更像現在的『蘇晴艾』，也許可以依現在這個妳的意願再續前緣。」無名氏魔王悠悠地說。

蘇星潮的習氣就斷了，他本來就是魔種小千爲了執行任務轉世時出現的虛弱人格，瀕死時被小千的意識強制截斷自我，在玻璃瓶裡長大的人生也沒有足夠業力羈絆支持他與小千抗衡。

即便如此，我就是小潮的羈絆，不是那個人與禍千，而是蘇晴艾與蘇星潮凡人之間千載難逢的緣分，促使我延續這個既是小千也是小潮的孩子在這世間的人生，同樣例子還有許洛薇以及出生以來認識的許多人。

即便眞正的無名氏魔王目前可能聽不到，我還是對幻影辯駁著，「我不是執著拯救大家，這種事早就超過我的能力範圍，在我知道葉世蔓和許洛薇前世是什麼貨色時就有覺悟了，我只是——」

「只是執著『不想放棄』這件事而已，也許是因爲放棄比死還恐怖和討厭吧？我有自知之明啦！而且已經試好試滿，試到累死。用薇薇的話說，老娘甘願了怎樣？」我按著胸口，長久以來憋著的那口氣吐了出來，豁然開朗。

無名氏魔王靜靜地聽我說，彷彿他眞的能接收理解我的話，不，應該說我的遺言。忽然想起來我居然忘了在現實裡留封告別信，都是太早安排好身後事的錯，反正想說的話平常就在說了，我那些冰雪聰明的親友不會不懂。

原本打算死後再跟許洛薇會合，進到阿賴耶識就沒戲唱了。來不及圓滿的事情有很多，說看開是騙人的，只不過那些都沒有我現在想做的挑戰有吸引力。

「如果許洛薇現在在這裡，搞不好還會開『You jump, I jump.』的爛玩笑。」我喃喃自語。

薇薇，妳當初跳樓的心情，我好像有點懂了。

業海再度起風，漩渦重新轉動，比剛剛更加洶湧瘋狂。

「你下次從阿賴耶識甦醒時應該聽得到過去的緣分與夢境吧？老二，我也留言給你了。」

「我要請那個人救救大家，蘇晴艾努力過了，雖然能力不足，但是沒有後悔。」成功不必在我，我只是不服輸而已，這就是蘇小艾的哲學。

我朝漩渦中心縱身一躍，立刻失去一切感官知覺，就連意識也迅速遭漆黑海水浸蝕，那是連痛苦都會覺得珍貴的厚重封印，只一個嘆息的瞬間，我就要失去自己了。

抱歉，這次也沒能陪著你走到最後……

腦海中閃過這句話，快到我除了違和感幾乎沒能意識到念頭本身的內容。

算了，總歸要結束，胡思亂想又怎樣？

「前世的那個人，大家都說你很行，幫個忙吧？趁我的身體還沒斷氣前……」

黑暗之後是近乎銀白的淡金色世界，除了強烈光亮外什麼也沒有，這份不滅光輝將黑暗與我一口吞噬。

Chapter 12 / 崁底村之戰

村尾某處磚牆圍繞的倉庫，沉重金屬柵欄大門緊閉，牆外等距擺設著大火盆，圍牆內外插著火把並開啓強力探照燈，不時有人添柴巡邏以免燃料不足火焰熄滅或不愼引發火災。

一輛銀色休旅車在警衛室外十公尺紅線處停止，穿著白大褂與救護臂章的四個男人從後車座卸下病患，一前一後抬著擔架經過警衛室，低聲說出通關密碼，抬頭看了看監視鏡頭，確定長相表情有被錄入，警衛點點頭，閘門開了一條縫，搬運人員隨即抬著綑綁好的病患進入臨時成立的野戰醫院。

地面倉庫共有三間，此外還有一間雙層貨櫃屋，只有一間提供醫療服務，蘇醫師正指揮著醫護人員爲中邪自殘或遭受攻擊的村人進行檢傷分類，進行簡單治療後送進臨時集中病房或拘束箱裡，此外也有些精神崩潰不得不從前線退下的成員。

頭髮已染薄霜的蘇醫師想起有個滿頭雪白的女孩子正躺在地底密室奄奄一息，不由得心痛起來。戰況比預期要惡劣太多，連本該守護核心人物健康的他都不得不上前線，能救一個是一個。

受創最嚴重的都是那些曾想逃出戰場，結果也脫離保護網的人，即便早有準備兼警告過逃跑的下場，卻比不過群眾恐慌反應，目前沒出現死者是崁底村守護神屢屢出手相護的奇蹟。

——大家的命跟我的命都一樣珍貴，我可不是不愛惜自己哦！

——爺爺要你幫堂伯，堂伯要你幫我，你能幫的最大的忙就是完全發揮醫師能力衝爆治療量。所以時機一到，你一定要離開我們到人群裡，我會爲你求來最強力的護身符。

他不是第一次聽到類似的話，不可思議之餘，又覺得理所當然。蘇洪清，小艾這孩子多麼像你，不，比你還強，你說要選一個青出於藍的繼承者，果眞做到了。

蘇醫師下意識拿出手機檢查地下ＶＩＰ病房的監控畫面，確定蘇晴艾仍在床上沉睡，棉被一直拉到下巴蓋得好好的，心跳呼吸數字也很穩定，一切尚在控制中，他將手機收回內袋，拉鬆領結面對下一批被送來的病患。

這時，無人發現一間上鎖庫房的置物櫃底無聲無息打開，由祕密出口鑽出一道白色身影，那嬌小之人輕手輕腳將一切恢復原狀，以極度嫻熟的動作打開滿是灰塵的玻璃窗溜出，壓低身體避開監視器死角，選了處無人圍牆開始攀爬。

她的動作毫無力氣可言，卻無比和諧精準，看似衰弱的身軀輕盈地越過兩人高的圍牆，夜風吹起雪白長髮，在火光映射下如蜘蛛絲般閃閃發亮，淡無血色的嘴唇噙著一抹笑意。

「此一大苦因緣，吾欲爲之善解。」人影呢喃。

下一秒白色人影離開光亮的庇護，沒入黑暗中。

□

崁底村中心廣場，一口氣設立五個露天電影棚子，早先熱鬧已不復見，經過幾輪消耗戰，活人方目前處於敗退避守家中的態勢，坐在棚子裡觀看自製小電影的身影不是附身者便是非人，另有幾道影子打開一旁攤販冰櫃，直接撕咬著塑膠包裝裡的火腿和冷凍食材。

「怎麼沒人伺候了？眞是不知禮數。」其中一處棚子被獨佔，顯然不是附身凡軀的人型異類不僅具有實體，強壯身軀無處不透著好戰嗜血的氣息。

高大男子捧著空了的爆米花筒，另一隻手下意識往底部摸，總覺得人類的食物盒子會自動湧出香香小點心，那隻手抽出紙筒時露出尖銳黑色獸爪。

黑爪男子正在八卦死敵的前世今生，忽然斷了看戲的食物飲料實在討厭！在他看來，這個人類村子的反抗徒勞無功，作爲妖怪方衝鋒隊長的他甚至沒能如預期地和在地守護神強碰，敵方化整爲零，以逸代勞，甚至擺出流水席，棉裡藏針的態度反而讓他這個衝鋒隊長無事可做，只能待機等大型衝突爆發。

黑爪男子一邊看著附身者耍猴戲，一邊約束著妖怪方不能玩脫了殺人，這場團圓飯的遊戲規則很簡單，妖怪不能幹出讓神明有理由正大光明介入蘇家劫難的犯規動作，禁止燒殺擄掠和強姦凡人，頂多是小小的迷惑和嚇唬，主要還是放給那隻化妖帶領的蘇家鬼去和活人鬥，境主、企圖幫助蘇家人的多事妖怪和其他懂法術的協力者才是他們的對手。

結果那隻卑鄙的化妖居然自己跑去和境主打了，等於搶了黑爪男子的戰功，大概是身爲主帥怕事後沒有亮眼戰果。話說回來，崁底村境主是有名的硬點子，萬一化妖吃不下，黑爪男子倒是樂意幫撿尾刀，這是他此刻耐著性子坐著吃爆米花看投影戲的原因。

溫千歲的確是此役最大阻礙，不把境主打垮就無法支配這個村子，拿到那個關鍵祭品。說好這場戰爭中功勳最大的妖怪可以分到完整的一顆頭，五官和頭髮乾淨無缺，當然還有那包裝在頭顱裡的美味大腦，那隻化妖計算功勳的標準，殺害人命居然是扣分的，畢竟那都是「他」支配崁底村後的財產、容器和勞動力，搞得黑爪男子現在得盯著手下和臨時結盟的妖怪別給自己丟分。

年齡修爲愈低的妖怪，智商和自制力也愈低，好幾次差點咬死手下的黑爪男子都快覺得自己在守護崁底村了，眞他媽的鬼世道！

「啊……無聊死了，喂！妳！小女孩，去找酒來！」黑爪男子一拉塑膠繩，被他綁住脖子的十三歲少女踉蹌靠近，一臉驚懼。

戰鬥剛開始時，這個小女孩裝得天眞無辜接近村人，一眼就看出附身者並伺機注射鎮定劑再呼朋引件綑好獵物送去驅邪，今晚還在外活動的活人小孩都會這招，小女孩更是佼佼者，可惜踢到他這個不是人的鐵板。

黑爪男子剛好缺個僕役，難得能使喚人類，總歸不討厭，於是讓少女來來回回地搬酒菜，不需要時就將她拴在腳邊。

「附近……酒都喝完了……」少女囁嚅。

比起食物，果然大家都在搶灌人類釀的形形色色的酒。

「我知道哪裡有酒，妳給我去拿。村裡的釣具店，是人類小孩反而好辦事，打破窗戶進去偷也無所謂，放心好了，我給妳做了妖氣記號，其他妖怪和惡鬼知道不能動我的人。」黑爪男子手也沒抬，少女臉龐便多出一指長的血痕。

黑爪男子在大戰之前的數年間也曾到過妖怪口耳相傳的崁底村，知道是處好地方，有懂事明理和妖怪做生意的人類跟豐饒穩定的物產，其中就包括山神隨從開的小店。

店主人請的酒尤其令人回味無窮，可惜，能得到的也就這麼多，黑爪男子撇嘴。

妖怪方很有默契地繞過某間釣具店，釣具店主人也不知所蹤，大概又在幫助人類，總之黑爪男子在內的許多妖怪不想爲化妖的野心冒上得罪山神勢力的風險，說穿了山神的人類隨從不過是象徵，不碰那個代表也就這樣了。

女孩拖著脖子上的塑膠繩在黑爪男子瞪視下用最快速度跑走了，黑爪男子不擔心她就此開溜，女孩的弟弟還被關在戳了洞的紙箱裡放在他腳邊，備用跑腿有的是。

大約過了半小時，黑爪男子已經極度不耐煩，正要撕開紙箱，女孩捧著一杯血紅調酒的玻璃杯顫巍巍回來了。

「對……對不起，我想偷酒的時候被店主逮到，他說等等會親自過來和你談，先請你一杯，要喝不喝隨便你。」女孩結結巴巴。

山神隨從大概是想讓他放了這對人類姊弟吧，正好讓那傢伙拿店裡所有酒來換！一旦那隻化妖支配崁底村，山神隨從頂多就是留條命再從村裡滾出去，原本山神隨從住在山裡還能狐假虎威幾分，現在？只不過是個比起無知凡人稍微有點共同話題的弱小生物罷了。黑爪男子這樣想，接過那杯血腥瑪麗一飲而盡。

酸甜鹹辣並有著強烈果香的怪異飲料充斥神祕的美味，那股興奮愉悅迅速蔓延四肢百骸，黑爪男子瞬間有股變回原形對月狂嘯的衝動。

事情不太對勁，他狠瞪驚恐畏縮的少女：「妳在調酒裡加了什麼？」

少女低頭顫抖，黑爪男子發覺她在笑，果不其然再度抬起臉的她已是滿不在乎的表情，這個小謊精！

「我因爲這該死的靈異體質被親戚丟來丟去，最後到了孤兒院，裡面的職員又是對小男孩有特殊癖好的變態，我才帶著這個有自閉症的小鬼逃出來。」少女用下巴比了比黑爪男子腳旁的紙箱。「差點被警察逮住時，蘇家說我是他們的親戚，要我來這裡避難，我本來不想鳥他們的，但我和弟弟需要食物和遮風避雨的地方，然後又有個鬈髮男人——那男的可能不是活人——說今天崁底村會出現許多妖怪，要是賭命成功抓到一隻結契約，從此就能不愁吃穿。」

「只要讓你喝下我的血，雙方都是自願，看看結果如何，萬一目標沒感覺，大不了我和弟弟就是死，其實也不太可能死掉啦！那些大人說過這次妖怪怕神明插手不敢殺人，只是來搶地盤。既然如此，不玩白不玩囉！」少女聳肩。

黑爪男子啞口無言，第一次同時體會到極致快感與氣到爆血管的複雜滋味，這些人類怎麼可以如此隨便、無賴，還教小孩子這種亂七八糟的事情！

廣場邊施施然出現穿著高領針織毛衣的短髮青年，手裡拎著一瓶高粱，映著火光的桃花眼將慵懶的五官妝點出魔性氣質。葉世蔓走到少女身邊，摸了摸她的頭。「抓到啦？還是大隻的？小珊眞有效率。」

黑爪男子氣不打一處來，指甲暴長三倍，爪尖染上黑藍帶毒的冷光。

「儘管我會護著她，但現在的你被血契束縛還殺得了這孩子嗎？」葉世蔓笑得令人髮指。

妖怪正欲用少女屍體當作回答，身體卻自行湧出強烈抵抗，同時有股嶄新的力量在血管裡流竄。

「既然你想吃我姊姊的肉，我就讓你親自體驗處子血肉對妖怪的好處。」葉世蔓皮笑肉不笑地說，一邊解開小珊脖子上的塑膠繩，發現繩子勒進肉裡形成死結，只好用小刀挑斷，少女脖子上留下一圈磨傷滲血的紅痕。

「好處？」黑爪男子憤恨斷聲。他只感覺自己的力量與意志被不自然地扭曲了。

「曾經有個山神誤食處子血險些墮落爲妖，當然也不是妖怪喝了處子血就會升級成山神，我這是從當事者那邊問來的第一手情報，簡單地說，這只是食人報應的一種啦！透過正確的代價交換，將報應調整成好的變化，可以增強力量和修行，只想吃喝卻不付出，當然只能累積惡報，更對修煉沒幫助。」葉世蔓慢條斯理地解說。

「遠古時代，脆弱人類需要異類力量庇護，獻上活祭就是這個道理，其實不是丟個人給妖怪吃就有效，而是成立血契的那個人還願意保護將他獻祭的那群人。大多數獻祭都以婚約形式進行，就是因爲祭品得活著讓血契的代價達到平衡或者自願解除契約。」

「那就解除契約！否則我殺了她弟弟！」黑爪男子一腳虛踏著紙箱威脅。

「我死掉契約就解除了，被車撞死，吃水果噎死都算。」小珊說。

黑爪男子還來不及高興解除條件如此簡單，葉世蔓又補上專業解釋：「只不過殘缺的血契就變成血債，依然是某種契約，你得對小珊的後代子孫償還，努力求其中一個幫你解除婚契——我兄弟就是一次中兩種，被人類剝削快一百年幹得要命！要是小珊太年輕來不及留下後代，那就要等來世了。」

資訊量太大，黑爪男子開始頭暈，覺得妖生無常，他只不過想大鬧一場贏取戰利品而已。

「就過來人的建議，當一個人的守護神比當家族守護神要划算多了，如果你從小珊身上拿取的不多，也許不用到她年老，血契就自然解除了。」葉世蔓打開高粱酒，從口袋裡摸出兩個小杯子。

「只要幫我賺錢就好。」少女抓住時機補充。

「閉嘴！」黑爪男子快氣炸了。

葉世蔓倒了滿滿一小杯高粱遞給妖怪。「能讓兩個種族命運交織的血契絕對不會只有人類單方面受惠，你會得到我們的人情關係、學問智慧和各種只有人類社會才有的產物，是要一鍋砸還是細細品味，端看你怎麼利用了。一定也是前世相欠，否則來抓守護神的孩子有好幾個，你怎麼偏偏被小珊釣到了呢？」

「世蔓哥哥，像你說的一樣，他眞的沒經驗才聞不出酒裡有人血。」少女說。

「根據我兄弟說，不是聞不出來，是太敏感了，如果在場有很多活人或處子本人在附近，血在體內體外差別不大，體內活血還更刺激，杯子裡的一點點血根本比不上，這傢伙還傻到劃破妳的臉，先讓妳流血蓋過酒裡的血味，自己挖坑自己跳，眞是天賜良機！」青年毫無良心地分析黑爪男子敗北因素。

黑爪男子一把抓過整瓶高粱直接灌，他的手和嘴必須找點事做，才不會咬死大的、掐死小的。

葉世蔓不以爲忤，索性自己喝掉小杯子裡的烈酒。

「小珊，去有禮貌地請人家放了妳弟弟，畢竟是年紀比妳大的長輩，男人面子還是要顧的，還有問清楚他的眞名，就算是形式上的婚約，總是要知道丈夫名字。」葉世蔓吩咐少女下一步做法。

「好～」

即便狂怒中，黑爪男子依然保留著野性直覺，那是計算最佳生存利益的妖怪本性，絲毫不受感情影響的冷血理智告訴他山神隨從的話沒錯，對他這種能夠變化的智慧妖怪，血契能讓他更上一層樓。

即便如此，人類少女粗糙雙手握住指爪的瞬間，妖怪還是冒出一股陌生戰慄。

「我知道委屈你了。」

這是人類該對妖怪說的話嗎？

「出來混總有一天要還，你就當被騙一次享受看看。」

他眞的被騙了啊！黑爪男子在心中狂吼。

「雖然婚約只是比較好聽的說法，但我長得不好看又沒上學討厭讀書，還有個自閉症乾弟弟拖油瓶，將來應該沒男人要，如果你對我很好的話，等我長大，你要當我眞的男朋友也沒關係，反正你滿帥的。」臉龐染血的小珊露出獵人目光，黑爪男子明明當下是人型，卻有種她在評估自己毛皮品質的錯覺。

然後，妖怪終於忍不住爆發了。「誰要和人類交尾！我不是變態！」

葉世蔓挑高眉：「你剛剛一次得罪了很多妖怪和山神，以後在外面走跳可能要小心點。」

黑爪男子昂首向天，姿態悲壯。

這時一個不到黑爪男子膝蓋高的矮小老人無聲無息出現在旁，繡著波浪紋的衣襬則是身高的兩倍，全數拖在地上，矮老人手裡拿著毛筆和一張紙，顯然也是個妖怪。

「口說無憑，來按個爪印吧！」不知哪來的矮老人繼續落井下石。

「波老，我還以為您在姊姊的農場泡茶逍遙，您那一掛保持中立，我們也不強求。」葉世蔓彎腰鞠躬，被稱爲波老的妖怪很滿意年輕人的禮儀。

「身爲農場的老客人，免費招待當然不容錯過。咱是不打算插手這次妖怪惡鬼和人類的亂鬥，只不過聽說村裡還有園遊會來逛逛而已，就算這黑爪小子把人類小鬼踩死，老朽也不會多管閒事，只不過看到什麼說什麼而已。」波老指著紙箱。「以一敵百的大犬妖被騙失身一怒踩死軟綿綿的人類小男孩洩憤——諸多此類，萬一誤會一場，老朽剛好還能收個媒人紅包，那就是美事一樁了。」

黑爪男子手裡的空高粱酒瓶應聲粉碎。

矮老人的確不是善於戰鬥的強大妖怪，卻是江湖公認最恐怖的妖怪之一，綽號國家廣播電台，不只喜愛蒐集八卦和各種機密眞相，更擅長散播讓妖怪身敗名裂的糟糕謠言。

「多謝您查出是誰散播家姊的血肉同等唐僧肉的無稽之談，肯定是要給您永久VVIP服務才行！」葉世蔓拱手致謝。

「那麼咱更得保持農場安穩運作，否則不就沒得受用優待了嗎？」波老用吃完烤香腸的竹籤剔牙。

黑爪男子末了如同行屍走肉任少女捧著他的手，矮老人塗了他滿手墨汁，筆尖忽然銳化成刀，在妖怪掌心刺出血洞，矮老人啪嘰一下將寫好內容的紙按上去，婚契上立刻多出一個完整的帶血墨手印，接著小珊也在波老示意下從臉頰傷口擠了點鮮血，用大拇指將血印蓋在黑爪男子的血跡上，兩血相融。

「這紙婚書就麻煩波老幫忙留存，讓您這麼可靠的妖怪見證，姊姊也能放心將小珊交給『烏面』保護了。」葉世蔓笑嘻嘻道。

「No problem.」波老手裡的妖怪把柄永遠不嫌多，還趁機秀了下人類的洋文。

那夜折在崁底村守護神狩獵的妖怪還有好幾個，不知爲何都是能力特別好的那一種。

□

雙胞胎少年在廣場角落旁觀血契完成，四周妖怪先是垂涎欲滴地包圍過來，只見那如桔梗花般的秀雅少年目光淡淡一掃，無以名狀的驚懼立刻讓精怪妖物們避開距離。

「哥哥，你明明不會法術，怎麼妖怪還是怕你？」蘇星波好奇地問。

「因爲我隨時能成爲鬼王，將他們的魂魄拖出來鎖在腳邊，哭號跪爬著跟我走，你說獵豹的牙齒都還沒咬到羚羊脖子上，爲何羚羊要跑呢？」蘇星潮答道。

「大家還在戰鬥，我希望哥哥看清楚每個還在努力掙扎的活人。」雙胞胎中的弟弟說。

「崁底村敗局已現，這還只是第一波攻勢而已，和蘇嵐結盟的妖鬼是一回事，想來分杯羹的不速之客又是另一回事。師父……小艾姊姊她從來就沒有任何勝算。崁底村估摸蘇嵐的妖鬼大軍在兩千名左右，但如今被大苦因緣吸引而來的魂魄起碼已經有十萬了，你看不到，是因爲他們還在困惑、欣賞著崁底村的煙火，一旦人類無力再戰，這群非人之物不用一分鐘就能連蘇嵐的人馬一起吞噬。」蘇星潮手指點向隱沒在夜色中的群山。

「個人的聲音無法傳達，大規模魂魄會在混亂爭奪中受傷瘋狂，哥哥你也在等能夠一次帶最多魂魄下地獄的時機對嗎？」蘇星波再問。

「這次在崁底村開啓的地獄門，必定會是『大門』，時機雖然不是我能控制，但我可以減少漏網之魚和連帶傷害。」

「哥哥，我很好奇，如果一個該下地獄的壞人，和一個可以繼續投胎的好人，剛好在地獄門之前靠在一起，地獄門會自動區分嗎？」

「不，是由地獄與人間的業力拉鋸結果來分，主動帶魂魄下地獄的鬼王，以及控制魂魄避開地獄門的神明都是比較具體的業力因素，順其自然的話則是留不住的魂魄就會被吸下去。」

「如果緊緊抱著你，我也能去地獄觀光嗎？哥哥。」

「我會把你扔出去。」

「哥哥爲什麼要僞造小艾姊姊的即時監控情況？」

「她說，如果身邊無人看守，一定是戰況到了連貓咪都要派出去打架的緊急時刻，她不希望任何人分心，因爲她的幹部只要留在崗位上都能保護更多人，再說，還有術士和王爺盯著。」蘇星潮回答。

「雖然能明白小艾姊姊的考量，這段時間若她出事，對大家來說就太殘酷了。」俊秀的西裝少年不表贊同。

「沒有人看見眞相，戰旗就能屹立不搖，她是崁底村的『帥』，這是她唯一剩下來的價値了。」

「小艾姊姊是這麼說的嗎？」蘇星波語氣有些哽咽，血脈相連的兄長緩緩點頭。

「把貓關在盒子裡，不去打開的話，那隻貓就永遠不會死。」

「哥哥你寧可相信小艾姊姊會一直活著直到自己變成鬼王下地獄？」

「那樣的話我這輩子至少還有抓到最後一點幸福。」

□

距離蘇醫師最後一次檢查蘇家族長監控狀況已經過了一小時，因對外通訊完全被截斷，援兵卻遲遲不至，企圖突圍求救的蘇雁聲帶著大批傷兵退回野戰醫院，已經三十七小時沒闔眼的老醫師繼續燃燒生命工作。

「神海集團調來的黑社會人手和許家的外國傭兵如何？說好萬一要戰敗就讓警察介入強行把事情鬧大的備用作戰計畫呢？」蘇醫師急問。

「也被怪異暗算了，沒附身攻進來是萬幸，似乎有其他力量把我們的外援轉移走了，不讓更多帶著武器的附身者進崁底村，避免更多人命傷亡，大概是其他神明的手筆。」披頭散髮衣服勾破數處的中年男子回答。

「罷了，當初爭論是否請外援就怕這種情況，只是神海集團和許家盛情難卻。」蘇醫師話鋒一轉，「可能是我太累了，有種很不好的感覺，你們撤退進來時，外面的地都鋪著海鹽，火把也都亮著沒錯吧？小艾說過，這樣亭山公的結界才能保護我們。」

蘇雁聲遲疑數秒後答：「隊裡有人傷到動脈大出血，當時我忙著給他壓傷口沒注意，總之火光還在，今晚又沒下雨，我事前派人鋪的鹽足足有一寸厚。我還叫他們給我輪流下去舔，以免有叛徒偷偷換成白砂糖。」

「你也眞夠幽默，幸虧我們暫時把人縫好了。」蘇醫師嘆。

素來多疑的蘇雁聲立刻察覺蘇醫師並未放心，立刻起身提議：「我再去外面檢查確保沒有漏洞。」

「別瞎忙，我這邊本來就有人手定期巡邏，等等一起巡房順便留意便可，我也過度神經質了，這時更該平常心應對才是。」蘇醫師連忙阻止這比他更神經質百倍的傢伙。

倉庫一樓現場傷患只剩零星數字，畢竟能消耗的戰鬥人員所剩無幾，自然送來急救的就更少了，已完成治療的傷患都以拘束狀態送到隔壁倉房集中照顧，傷勢不重的村人跟著蘇雁聲撤退，未受傷的戰鬥隊員則負起野戰醫院的守衛工作。

蘇雁聲點點頭，野戰醫院歸蘇醫師管，他說了算。

「你兒子呢？有好好躲著吧？」蘇醫師隨口關心。

「我讓小犬和拙荊保護其中一間避難屋的外戚女眷，目前沒聽說有人被附身。」

「嗯，尊夫人某種意義上很強。」在對抗附身者的訓練中一出手就是扭耳朵，用彷彿連死人都能罵活的利嘴把附身鬼罵跑的創舉傳遍全村。

蘇雁聲腦海堆滿資訊，隨意搪塞幾句，眼前畫面吸引他的注意，坐在他和蘇醫師四周的男人，不是他精心挑選訓練的戰鬥好手，就是手握具殺傷力工具的農夫工人，和被綁在擔架上注射鎮定劑的中邪病患不同，可以自由行動……

他在想什麼，野戰醫院不能沒人護衛，這裡已經成爲崁底村傷病患和醫療人員的大本營，被敵方從內部攻破的可能性光想就讓人毛骨悚然，地底下還躺著他們最重要的核心人物。蘇雁聲無意識摩娑著懷裡的手槍。

果然還是該換成自動衝鋒槍，趴下來對準小腿掃射一輪方便又安全。

一陣陰風灌入倉庫大門，接著一個穿著過大POLO衫的人影徐徐走進野戰醫院。

「是警衛室的老余，還不到交班時間，他不舒服嗎？」蘇雁聲提起精神探問。

「按照防衛規定，去交接的人要先經過我面前報告，門衛離開警衛室時也要用無線電聯絡我，當面讓我診斷健康情況才能去休息。」蘇醫師說。

「……防線被攻破了！截住那傢伙！」蘇雁聲立刻吩咐手下擺出防禦隊形，豈料卻只有一半隊員聽話，現場隨即陷入混戰。

「結界失效了！該死！」蘇雁聲一回頭，卻看見蘇醫師被兩個附身者拉扯，連忙提腳踹開一個，蘇醫師則用關節技扭開了另一個偷襲者，同時更多沒被攔住的附身者搖搖晃晃朝著蘇醫師過來。

「你跟緊我！我要殺開一條血路。」蘇雁聲正要拿出手槍，被蘇醫師打了下頭。

「在醫生面前開個屁槍！中邪的人不知痛，萬一打到致命處更糟！我們是爲什麼才打這場仗？」蘇醫師罵道，同時勒令在場清醒的人只能自保防禦。

「他們要抓你，我的手下擋不住。」

「你跑吧！如果那些鬼怪要抓我，至少不會殺我。」蘇醫師說。

「你隱瞞了什麼？別說你其實是內奸——」

「雁聲！注意旁邊！」

蘇雁聲聽見武器揮舞的風聲已經晚了，原本將砸在他太陽穴上的榔頭卻擊中抱住他頭顱的那隻手，耳畔響起清脆骨折聲，他想也不想立刻伸手探進身邊那人白袍口袋，抽出一支塑膠針筒，咬開蓋子就往青年農夫頸側扎下，然後屈膝用肩膀使勁一頂，中針的農夫撞倒另一個接近的附身者，轉身迎上護著變形右前臂的蘇醫師。

「找地方躲！」他大叫。

兩人小步快跑，趁手下爭取了最後幾秒鐘空隙，雙雙衝到牆邊，蘇雁聲一把抽開虛掩的紙箱，眼前立刻出現因應這次大戰特別設計的防水火強化隔離艙，可以鎖在地面暫時固定，也可以搬運特殊傷患以車輛長距離移動，總共有二十四個，現場只剩一個還空著。

「就是怕遇到這種事，這個籠子是我爲自己留的，勉強可以塞兩個人，但安全供氧時間要砍半了。」蘇醫師直到蘇雁聲也躲進來並反鎖艙門後才說。

「真的沒辦法從裡面自己開門？」險險逃過一劫的蘇雁聲只能透過小窗口痛心地看著手下一個一個心智淪陷，包圍著他們此刻的迷你方舟敲打搖晃，簡直像被喪屍包圍。

「你親手設計的，兼防海嘯地震，還說誰敢偷改功能就掐死誰，爲了讓特別危險的附身者無法出來兼保護自己人，就算旁邊的看守沒了，受保護對象還是能等到外界救援。這二十四個天價隔離艙的電子密碼，知情的只有小艾、代表族長閃電行動的祕書戴佳茵和許家那對夫婦，連蘇靜池都不知道，就是要外人開鎖才保險。」蘇醫師叫堂弟退掉彈匣，悶哼一聲對上斷骨，拿手槍當固定物，幸虧醫生身上不缺繃帶，緊急處理好骨折的手臂，再用蘇雁聲捐獻的外套當三角巾支撐傷處。

如果說蘇靜池是還能私下嫌棄的競爭對手，蘇雁聲對這個年紀比他們長上十歲的冷淡大堂哥卻只有避而遠之的衝動，另一個原因是，在蘇醫師去德國留學前，所有蘇家日後菁英和他相比全都只是小屁孩，就連備受好評的蘇靜池也一樣。他與陳鈺的關係，正是蘇雁聲渴望的理想狀態。

奇妙地，他不討厭大堂哥，而是將他當成陳鈺不可褻瀆的一部分，即便是親戚也像陌生人有著滿滿距離感，壓倒性的才華與魄力，的確配得上陳鈺老師，所以第二個學生應該是自己才對，其他雜魚就算了。這是蘇雁聲的童年想法，當然，連他自己都知道只是妄想。

家族裡總是有那麼一個仰之彌高的神人，沒空玩幼稚遊戲，從不搞小圈圈，早就是比大人還要優秀的存在。大人們都說，大堂哥的智力測驗也很驚人，但蘇雁聲不敢自取其辱去比較數字差多少，無論結果高或低，丟臉的都會是自己。

沒想到大堂哥從德國留學回來後變得很普通，當然還是非常優秀，卻沒了那股裂冰般的懾人氣勢，就是個規律賺錢的忙碌名醫，還跑到外地醫院執業，不久就買下老師遺留的陶器作坊，放假沒事就縮在偏僻山邊捏杯子碗盤怡情養性，同在村子裡也難得碰面。反而是蘇靜池那軟書呆從倫敦回來後脫胎換骨，後來居然繼承族長大位。

事隔多年，在狹窄得無法轉身的安全艙裡，近距離目睹蘇醫師爲他斷手又果斷治療自己的狠勁，蘇雁聲不禁想，說不定兒時認識的那個大堂哥從來沒變，只是躲在一層厚厚的殼裡，就像他也一直渾渾噩噩活著，直到被小艾當頭棒喝才清醒。

「你一定在想，爲什麼敵人要特別抓沒有實權的我，若須挾持崁底村的重要人物，你或蘇靜池更有價值。」固定好傷處後，蘇醫師緊繃的聲音總算有些舒緩。

「目前的蘇家裡，我自認算有價值的人質，沒想到不惜殺了我也要綁架你，敵方似乎很急迫的樣子。小艾沒特別提醒我有關你的祕密，另外你在村子裡的名望無庸置疑。」蘇雁聲並未因命懸一線就放棄調查，不如說卡在這個尷尬的節骨眼只剩嘴巴能動了。

「別怪小艾，她的確不知情。我答應幫忙的條件是，靜池必須對所有蘇家人隱瞞我的身世和眞名，哪怕是對有權知道一切祕密的族長繼承者，他也爲我打破了規矩。」只能並排站著的蘇醫師說。「你知道我叫什麼名字嗎？」

崁底村向來約定成俗稱呼蘇醫師，往來應酬也是以職業相稱，導致年輕一輩還眞的記不起蘇醫師的全名，但掌握全村資料動向的地下情報頭子蘇雁聲怎麼可能不知道。

「蘇藍不是嗎？雨過天青的意思，姑姑讓蘇洪清給你取的。」從名字就看得出私心，洪水退了，天空變藍，頭胎生女兒的蘇洪清根本就把大堂哥當兒子疼愛。

「那是證件名片上的名字，我眞正的名字在族譜上寫作『蘇嵐』，暴風雨的嵐，和這次攻打崁底村的妖鬼同名同姓，此外，我年輕時據說和他長得跟同個模子印出來似的。」

「該不會是……兄妹亂……唔！」幹嘛用皮鞋跟踩他！

「我的生母是蘇嵐玩過的另一個妓女，偷偷生下我還來不及開口，看到蘇嵐對染病給他的那間妓女戶趕盡殺絕的手段嚇壞了，也擔心蘇嵐不相信那是他的親生子繼續遷怒，乾脆帶著我躲到鄉下隱姓埋名，想撐到蘇嵐因梅毒瘋得徹底或死掉之後再找掌權的蘇家人討錢，最後是蘇洪清找到我，大姑姑則謊稱我是她和未婚夫的私生子，那個可憐男人死在軍中，她因此終身不婚。和那個妓女相比，姑姑更像我眞正的母親，現在說出來應該沒關係，其實母親愛的是女人，她很滿意這樣的安排。」

「讓你繼承蘇嵐的名字是怎麼回事？聽起來怪邪門。」蘇雁聲沒問他在回到蘇家前跟著妓女母親生活如何，肯定不太好。

「那是一種咒術，爲了徹底抹去他在蘇家祖先裡的位子，讓我取而代之，使蘇嵐的魂靈無法進入宗祠，也不被境主承認放行，只能當個孤魂野鬼，那個男人的死靈就是必須如此徹底驅逐的危險存在。」蘇醫師嘶啞道。「蘇湘水生前塗銷某任族長的名字，並在該頁添了一行字『擇其後代尸祝之』，意思是找到蘇嵐的私生子扮演他，然後族譜就失蹤了，直到蘇嵐死後才莫名其妙由陳鈺在石大人廟裡找到，當時是蘇洪清用神明幫忙保管帶過沒惹出爭議，否則老師怎麼看都像小偷。拜此之賜，蘇洪清才知道蘇嵐還有個流落民間的私生子。」

「我變成蘇嵐的替身，再度用『蘇嵐』這個名字生活，老師勸我最好別結婚生子，我剛好不排斥獨身，就一直這樣了。」蘇醫師說出駭人聽聞的家族祕辛。

「湘水公的指示就那麼一句，實際決定咒術細節的是陳鈺老師，是他讓我揹負蘇嵐這個名字。老師可能覺得虧欠我，才在我剛懂事就收我爲學生，教我許多知識，卻在我要求封閉陰陽眼與拒接族長一職時，許我一生鑽研興趣即可的安寧。」

「還有誰知道這件事？」蘇雁聲聲音乾澀。

「活著的人裡就只有你和靜池了，我知道小艾不會大驚小怪，但我仍希望她以爲我只是基於醫術專長特別被提拔上來的普通親戚。」而非一個被妓女母親待價而沽，用本名與人生驅逐生父怨靈的私生子，蘇家眞正的祭品。

短暫沉默中，不知哪個附身者將整地用的農機開進倉庫，隔離艙外壁傳來怪手試探性扒抓的震動，撓碎兩個蘇家頂尖人物所剩無多的冷靜。

「雁聲哪……如果我沒能倖存，你就接我的班吧！我逃避一輩子也累了，記得將我徹底火化，從頭到尾都要盯著，別讓鬼有機可乘。」

「胡說什麼？陳鈺老師明明說過你們最多斷手斷腳，不會死的！」瘦削男人怒吼。

一陣令人心驚膽跳的摩擦噪音與搖晃後，怪手終究無法暴力拆解隔離艙。倉庫籠罩在死亡寂靜中，蘇雁聲卻能透過窗口看見大批附身者如螞蟻包圍昆蟲屍體般緊緊貼著隔離艙，彷彿等待某人前來收尾。

「在咒術中我和蘇嵐是同一個人，如果蘇嵐得到我的肉身，他眞的可以復活，更便利地控制蘇家，然後再利用我的精子繁衍理想的年輕容器，我寧可去死。」

「都是些鳥事，姓蘇的就不能少點折騰，我眞是倒了血楣才被你們改姓收養！」蘇雁聲忍不住咒罵髒話。

「一旦結界和護身符同時失效，蘇嵐穿過隔離艙附身我，就把這支麻醉藥全打進我身體裡，絕對不要遲疑，否則他將讓你死得非常痛苦。」蘇醫師將一支特別的金屬注射器塞到瘦削男人手上。

「你不會死吧？」

「附身者普遍藥物耐受性都拉高了，大概得接近致死劑量才能壓抑住蘇嵐操控我的肉身，總之無法保證。可以的話，真不想犧牲……」

蘇雁聲非常不悅，他才不要當自殺協力者。

艙窗外冷不防一片漆黑，兩人屏息無語，過了一會兒，艙門竟然被打開了，蘇雁聲首先半驚半疑地鑽了出來，發現倉庫照明正常，附身者全倒地不起，蘇醫師跟在他後頭也對事態發展嘖嘖稱奇。

「兩位沒事吧？」年輕的男聲響起前，他們甚至沒意識到黑衣男子就站在眼前。

「亭山先生，原來是你及時出手相助。」好吧！這個靈異存在知道隔離艙密碼完全不值得意外。

「畢竟是蘇家後代，不多看著點，小艾妹妹又要唸我了。」蘇亭山懶洋洋道。

「請問臨時醫院的結界還能修補嗎？」蘇醫師心心念念的是重整旗鼓。

「結界不是被打破，而是肉餌終於累積夠了。」術士盯著地面人堆說。

「難道讓我們的人聚集然後被附身是故意的？」蘇雁聲終於體會到為何他們的小族長談到術士總要咬牙切齒地罵幾句卑鄙。

「總是讓雜魚附身只是浪費治療能量，一次抓些能攻破結界或位階高階的獵物不是更好？」術士左手一疊符籙，右手好幾個小玻璃瓶，蘇醫師一眼看出那是他鎖在藥櫃裡的備用鎮定劑。

「一個去貼符，一個去打針，快快。」術士的符讓惡鬼精怪無法離開，被迫留在動彈不得的人體內。

至少是禁得起折騰的戰鬥人員或村中男子，兩個蘇家幹部無奈同意術士以活人作為牢籠的手段。

「接著怎麼辦？」

「等。」術士隨便找了張椅子坐下，顯得莫測高深。

大約過了十五分鐘後，留著短辮子的青年氣喘吁吁跑進臨時醫院，從背包裡拿出尺餘長的黃布包。

「小高，你做了什麼？」蘇醫師詢問眼前的半乩童，這孩子應該屬於農場組的留守人員。

小高和小趙原本都是王爺廟青乩，前者卻因通靈天分不足被調去農場管雜貨鋪，滿足了小高的靈異興趣，但也漸漸淡出乩身的世界。

「王爺的祕密任務。趙哥幫我把最後一批敵人都引走了，妖怪以爲東西在他身上，拜託一定要救他！」小高焦急地說。

「放心，有我盯著。」術士伸手，小高遲疑地將黃布包交給他。

「此物到底是……？」蘇醫師盯著黃布包，心臟不自覺加快跳動。

「蘇嵐僅剩的靈骨，蘇家拜託都鬼主出馬的代價，以此媒介將蘇嵐這隻化妖收爲式神使役，陰間便是打著借刀殺人的主意才特許蘇洪清私下行動，這事認眞說起來，海邊的那尊也功不可沒。」術士說。

事情發生在蘇家強人蘇洪清和陳鈺還在世的時代，某天他們發現蘇嵐的墳墓遭破壞，暴露蘇嵐屍體數十年不腐成了蔭屍的駭人事實，更駭人的是屍體被野獸撕走一條腿，其餘部分完好無缺。

陳鈺從本地鬼神態度旁敲側擊出挖墳凶手恐怕就是蘇嵐，前任族長的魂魄已成惡鬼，盜走自個兒的屍身意圖進行禁術，和蘇洪清商議後決定將蘇嵐剩餘屍身焚燬，僅留下一根腿骨藏於祕密處，作爲日後反制之用。

時光流逝，關於蘇嵐的怪異現象未曾再出現，陳鈺與蘇洪清相繼去世，他們並未將這件事告知繼承者，蘇嵐身後事原來就屬禁忌，再者也是這問題超過蘇靜池一干後代處理能力。

「化妖有個特性，對身為人類時的一切非常執著，包括名字、後代和遺物，要對付化妖，最好用也最難以取得的媒介就是遺體。陳鈺不知蘇嵐成了化妖，當年也許打著有個萬一方便招魂超渡的念頭才保留靈骨，總之算是留下反擊的資本了。」術士說。

蘇洪清附身丁鎮邦的身體一路吸引火力並轉移蘇嵐注意，則是為了創造機會讓小高和小趙偷偷找出靈骨帶給術士。

「蘇家人造的業向來只大不小，即便蘇洪清也不例外，出賣親兄給都鬼主煉為式神，即便是為了拯救家族，這罪孽恐怕也讓他投不了胎，明明躲在陰間裝沒事還有望混過去。」術士捧著裝有腿骨的黃布包微笑道。

蘇雁聲啞口無言，低頭緊握雙拳，蘇醫師則黯然凝視著未曾謀面卻束縛了他一生的生父遺骨。

「蘇洪清私下拜託我別說多餘的話，讓小艾以為他時辰到了自然轉世，我就當照顧晚輩了。別告訴小艾妹妹哦！」

術士帶著靈骨前往王爺廟熱戰現場後，得知真相卻被留下的三人久久無言。

Chapter 13 / 得道真人

及腰雪白長髮，手縫繫帶的米白長袖單衣與棉布褲，那人宛若孩童般赤足走在深夜巷道中，四周聚集虎視眈眈的陰暗氣息，她閒逛似地探索數處角落縫隙，終於在小貨卡與牆壁形成的夾縫間發現瑟縮呆滯的女童。

「阿卿嬸嬸，我打算出村，要一起嗎？」

「小艾？」女童抬起滿是淚痕的臉，「不對，妳不是小艾！妳是誰？」

孫尙卿自己就是附身鬼，怎麼可能被外表騙過？

「小艾拜託我來幫忙，所以我來了。妳選小女孩附身是想將她藏起來，保護一個算一個對吧？不如我們將她送到神明地盤更保險。這一次能好好抓住我的手嗎？」那人提議。

「是妳？那不是夢嗎？」孫尙卿在無盡死亡噩夢中唯獨一次夢見有人陪伴絕望的她，她沒能握住那個人的手，卻眞切感受自己不再孤獨，那個連她自己都不相信的夢，卻是孫尙卿苦撐到現在沒跟著丈夫墮落的唯一救贖。

「是小艾，也是我。」操控蘇晴艾身體的存在語氣溫和回答。

「可是我丈夫……」

「貌似蘇亮春出師不利，被炭底村方的法術困住了。但那不是重點，我來想辦法讓阿卿嬸嬸自由。」她從口袋掏出便條紙和原子筆，口裡喃喃自語：「中文好困難……算啦，意思到了就好。」

孫尙卿用女孩小手接過字條，那是陳述蘇亮春殺妻罪狀的離婚書，證人處簽名卻是她陌生的「善解」兩個字，是小艾體內那個存在的名字嗎？

「拿著這張離婚書往海邊走，請求石大人裁決，順道把這孩子平安送到城隍廟，她的身體也能在白日庇護妳，若妳有忍受日光燒灼和法術折磨的毅力，保持爲人著想的善心，那位大人會替妳斬斷鎖鍊。」善解指著附身影響下連女孩腳踝都燎出一圈水泡的夫妻鎖鍊道。

孫尙卿瑟縮遲疑。

「如果連我都拋棄他，亮春……他會變得怎麼樣？」

「被其他女鬼迷住變成火山孝子？」善解歪著頭道。

孫尙卿傻眼，這隻鬼怎麼忽然不正經起來。

「我只是舉出其他可能性而已。如果妳不想拋棄老公，就得有管教瘋狗的實力才行，去變強吧！孫尙卿，說不定妳也會遇上更好的對象，無論如何，離個婚重新開始不是壞事。」站在村口，那有著蘇晴艾外表的人隨手取下一盞燈籠當照明物，同時朝她揮手，原本應該駐守在村口的刑玉陽也不見了。

孫尙卿朝那人深深一鞠躬，明明是偷竊侵佔來的身體，卻因那人短短一段攜手同行的溫暖而淚流不止。

「對不起，小妹妹，再借妳身體一段時間，我一定會把妳帶到安全的地方。」孫尙卿每往前一步，腳踝就像被烙鐵緊箍，魂魄鑽心的疼甚至連他人的肉身都跟著顫抖，恐怕要從日出走到日落才能抵達海邊城隍廟，她的心卻前所未有地輕鬆。

處理完孫尙卿的事後，善解開始繞行崁底村外緣，很快來到離村口不遠的土地公廟，她凝視著土地公神像笑了笑，放下一根白色頭髮。這時幾個附身者包圍土地公廟堵住落單獵物後路，用非人語言嘰哩咕嚕商量著偷偷擄走目標私下分食。

一個特別膽大的附身者伸手朝善解抓去，金亭後衝出柔道服青年，當機立斷使出大外刈將對手摔倒在地，餘下附身者卻在這時一擁而上，蘇永森積極對戰的同時回頭大喊：「小艾姊，快跑——」

「哦，好啊！」穿著布衣古裝的白髮人影淡然應了聲，步伐卻不算快，直接走上田埂離開混戰現場，酣鬥中的蘇永森則沒發現蘇家族長不尋常的反應。

由於蘇家族長接下來的行走路線過於怪異，不是田埂就是灌溉溝渠，聯絡不上同伴的蘇永森只好戴著頭燈，千辛萬苦地追逐那盞燈籠，時不時將一些追兵推入水田或水溝，每當他以爲要趕不上目標時，卻會看見那道醒目人影蹲下來休息，似乎往地上放置什麼，然後繼續走。

四周藏匿在黑暗中的不祥氣息與明顯靠近的怪異影子令蘇永森毛骨悚然，好幾次他以爲自己會被拆成碎片，不知爲何那些包圍著他們的妖魔鬼怪遲遲沒有出手，只是偶爾有幾個按捺不住的附身者試水溫般地靠近又被他解決。

燈籠就這樣在田間緩緩遊弋著，不知不覺繞了大半個村子，從一些小動作能看出提燈人影其實健康情況非常不好，動作愈來愈沉重，彷彿憋著一口氣勉強挪動雙腿，蘇永森氣得咬緊牙關，卻不敢打斷，他本能知道眼前儀式十分重要。

一條巨大黃鱔般的怪異影子浮現在蘇永森身畔的水田表面，不知貼近他們多久，忽然離開水面橫亙在他與蘇家族長之間人立而起，周身布滿無數顆火眼，鑽鼻而入的血腥腐臭令蘇永森腦海瞬間空白，險些暈倒。

蘇永森癱坐在田埂上，純然生理性的恐怖令他動彈不得，眼前這隻怪物格外不同，甚至連其他怪物都不敢靠近，生恐被它咬殺吞噬。

田泥隱約成了怪物的一部分，濕軟觸感冷不防攀上蘇永森腳踝，青年驚懼地抽了口氣，卻聽見提燈之人依然冷靜的聲音：「戴佳琬，控制不住妳吞掉的男人了嗎？」

黑泥縮了回去，火眼全數轉向善解。

「蘇……晴艾……呢……」不像男也不像女的醜惡人聲從噩夢影子裡飄了出來。

「她不在了。」

瞬間，大量眼球擠在一起，彷彿要擰出血般瞪著善解。

「姊姊不要我了……妳也是……爲什麼……我好冷……好暗……看不見了……」

黃鱔怪物腰際與尾部浮現兩張巨大男臉，互相擠壓咬嚙，發出刺耳喃喃自語。

「吃了她！吃了她！」

「愛妳……不要殺我……好痛！好痛！嗚嗚……」

老符仔仙與鄧榮的殘魂和戴佳琬混雜在一塊難分難解。

「可憐，意識快崩解了，變成全魙後就沒有戴佳琬、鄧榮或吳天生的差別，但也不能稱爲同歸於盡，依舊是會害人的東西。這樣是否滿足妳的復仇？」

戴佳琬發出響徹雲霄的尖叫，渾身浴滿血淚試圖鞏固自己的主體性，卻顯露出無力回天的敗象。

「小艾把所有人託付給我了，包括妳，戴佳琬。如何？這一點夠讓妳聽我的話嗎？」善解伸出手。

血膿表皮推擠著，更多眼球鑲滿黃鱔怪物頭部，怪物被那隻蒼白小手吸引，蘇永森滿臉驚駭，眼睜睜望著蘇家族長的手碰觸怪物頭部，眼球頓時分解重組出一張清秀女子臉龐，怪物張開雙眼，眼瞼之下是兩塊黑洞。

「不滿足……不後悔……我恨……」女臉貪戀著掌心的溫暖哭泣道。

「很好，這是妳的業，任何人都無法拯救妳。」善解聳肩說。「但那些被撿屍的女孩感謝妳爲她們復仇，晚了一步沒救到因此自殺的女人也心無罣礙投胎，妳的戀人朱文甫意外死亡前仍然愛著妳、擔心妳一個人過不好，這些一樣都是妳的業。」

戴佳琬空洞眼眶湧出鮮血，重新長出鮮紅雙眼，她又重新感受到身爲人類時的羞恥憤怒與憾恨，以及曾經擁有的幸福，像烈火一樣焚燒著魂魄碎片。

「妳和這具身體結過血緣，共享同一份痛楚，這份債不是單方面說一筆勾銷就能弭平，得按天地之理償還殆盡方休。」

眞人一字一句都像釘子般刺進戴佳琬心裡。

「說實話被拔指甲眞的挺痛，雖然妳沒意識到，小艾也沒想過向妳討，妳卻本能依循這道緣分償還欠小艾的債，現在保護我走到這裡，也該解放妳了，依此業力再蛻變一次吧！變成什麼都是妳的造化。」善解輕聲指引。

戴佳琬將無盡痛苦全數忍下，化爲最後一道掙扎，散亂變質的魂魄被重新燒結，眼球乾枯萎縮，血膿硬化成痂出現裂痕，女臉蠕動著脫離，竟重新長出瑩白完整的女人身軀。

戴佳琬對不可思議的重生怔怔出神了一會，低頭卻發現肚腹鼓起若懷胎六月，卻是兩張仇人臉孔扭曲融合的肉瘤，不禁發出嫌惡的驚叫。

「看來妳吃下去的惡魂姑且是被封印了，稍有不慎仍然會重新蔓延滲透，至少是比之前更加人模人樣。」

「我還是怪物，現在的我到底是什麼？」戴佳琬口齒清晰，絕望地問。

「拼拼湊湊的怪物異形，統稱都是化妖，難不成妳還期待有同伴嗎？」善解嘴角掛笑問。

戴佳琬對蘇晴艾熟悉面孔表現出的詭譎談吐不寒而慄，這個笑嘻嘻甚至帶著仙氣的意識體竟然讓她感覺自己又成了脆弱的女人，受她無比憎惡的感情影響。

善解彷彿洞悉她的想法般解釋道：「以人類來說，妳的確是挺狂氣奔放，以至於輕易脫離了人的種性，但也不是特別奇怪的眾生，多的是傻乎乎變成人類的殘暴怪物呢！」

戴佳琬不知怎地有點痴了，這人說她和蘇晴艾以血結緣，乍聽荒謬，但沒有蘇晴艾的介入她不會走到今天，她對這個曾經同校同桌過的女人有過厭惡，羨慕蘇晴艾獲得刑玉陽的認可，嫉妒她身爲局外人的自由，更多的是無以名狀的在意。

親情與愛情，至少她曾短暫擁有過，唯獨友情，戴佳琬從來不明白那是什麼，但她目睹蘇晴艾與紅衣女鬼的親暱互動卻感到極爲刺目，再次清醒時，看著眼前的白髮之人她終於明白了，那是一種名爲「錯過」的感覺。

「爲什麼幫我？」

「心理輔導讓局外人來做比較有效囉！」

「我以後會怎麼樣？」戴佳琬此刻彷彿飲下麻醉藥，清醒卻茫然，再次變成另一種醜陋畸形的怪物，她並沒有因奇遇解脫，奇怪的是卻再也沒有殺意，亦無飢渴，仇人已經成了她的一部分，低頭就能看見令人作嘔的復仇代價，稍有不慎就會再度吃掉她的報應肉瘤。

有人記得她，有人還在意她，這些人也許死了，也許還活著，但他們都沒有否定戴佳琬的存在。這個念頭將戴佳琬塡得滿滿當當，在無底黑暗中布置了一堆溫暖灰燼供她躲藏，她想起附身並窺探蘇晴艾內在時的感覺。

這樣就好，這樣就足夠了，原來就這麼簡單。

「妳自己看著辦，這不是最有趣的地方嗎？」善解說。

「蘇晴艾希望我怎麼做？她說過的，我得好好想想……」她咬著指甲，神經質地盯著善解。「讓『戴佳琬』安息對嗎？她不要我打擾她認識的人，不能再麻煩姊姊和學長了，我可以去找文甫的轉世嗎？我什麼也不會做，只想偷偷保護他，我可以繼續教訓那些欺負女生的壞人嗎？」

善解沒回答她，於是戴佳琬自言自語地走遠了，她彷彿徹底忘記父母的寵溺與虐待，唯獨血緣雙親不在她的關心之列。

那是戴佳琬最後一次出現，也許她從未消失，但人間不曾再有過關於這個新生化妖作祟害人的紀錄。

從頭到尾目擊這一切的蘇永森張口結舌，心臟差點石化，他明明不是靈異人士，爲什麼要讓他看見這種永生難忘的東西？

「這叫『點化』，不是特別神奇的力量，抓到重點就行，就跟小艾對你做的事一樣。蘇永森，站得起來嗎？」善解轉向蘇永森。

柔道青年仍有點恍惚，正要迎上前去，戴佳琬離開後不再忌憚的妖魔鬼怪仍將蘇永森當成配菜優先攻擊。

附身者終於變得聰明了，帶著武器甚至隨手撿拾石頭攻擊蘇永森，累積的疲勞讓柔道青年反應遲鈍開始掛彩，好幾次差點被壓制住，遭扭斷左手的劇痛讓青年瞬間清醒，他怒吼一聲推開附身者，拖著傷臂瘋狂地趕到那個人身邊，仍然力竭跪倒。

「夠了，別這麼頑固，你應該看得出我不是她了吧？」善解凝視著額角被銳利石片劃破因此血流滿面的青年說。

蘇永森連喘帶咳，呼吸彷彿都要將喉嚨磨出血。「就算、就算你是降駕在小艾姊身上的神仙，也不表示你、你可以拿她的身體冒險！」

「但在我繞完村子前，你就會被打死。」善解指出這個明顯事實。

「我不知道你要做什麼，如果可以救大家，我就用這條命護駕。」蘇永森含淚道，才剛大學畢業的他面對死亡其實很害怕，更清楚自己已到極限，就算願意拚上這條命也護不住眼前的人，追兵近在咫尺。

「只是碰碰運氣而已，我還不知道是否有用。小朋友，你結緣的對象不是我，相信小艾會希望你活著。」

「小艾姊幫了我和我家很多，她卻快要死了，蘇醫師沒說，可是有長眼睛的人都看得出來，就算這樣，也不可以死在這些怪物手裡被侮辱！」蘇永森斷聲。

「說得好！一個凡人小孩都比你有guts，毛～頭～不過護駕還是交給專業的來，我和這變態的帳還沒算清楚。」上空中飄落似笑非笑的女聲。

「肥仔，累劫不見，好生懷念。」

「屁！沒看我都瘦到只剩皮毛？」赤紅異獸收起一雙豐美長翼，像頭普通貓科動物從虛空中跳了下來，即便不是有血有肉的怪獸，仍然具象得駭人。

「所以現在怎麼稱呼更好？」善解問。

「雖然我也很想說人形是許洛薇，獸形是凶多，可以自由切換性格，可惜和小艾分手的最後一晚我就已經精神統一得差不多，只不過小艾熟的是許洛薇，在她面前我就是許洛薇，而你我老交情也不用裝嫩了，過去我沒有名字，這輩子倒是得了個。」角翼貓笑道，語罷，忽然朝蘇永森吐去一團火焰。

「小鬼，現在馬上就地睡覺，睡不著也得睡，乖乖等救援，沒你的事了。」火焰在蘇永森周圍劃出一圈高溫。

「妳就是許洛薇？」蘇永森想起什麼般迅速提問。

「是，怎樣？」

「小艾姊畫過妳，妳是她最好的朋友。」

「廢話，一定要的。」

「她說妳就是她的祕密武器，緊急時刻一定會出現，不過有很大機率會迷路遲到。」為了讓村裡的孩子不害怕鬼怪，蘇家族長保證他們有隻外出修行的神獸，會在劫難時回歸戰鬥保護大家，常常陪伴護衛族長的蘇永森每次旁聽都覺得是騙小孩的傳說，堂姊的表情卻充滿懷念。

「哪有，人家趕路需要時間好嗎？我還順便從外圍殺了條血路進來。」許洛薇昂起下巴。

「妳發誓不會讓小艾姊的身體受傷害，也不能偏心這個附身她的傢伙。」蘇永森搞不清狀況，依然執拗地要求著。

「發誓發誓～」角翼貓應得輕鬆。

「那我相信妳，因爲小艾姊不惜把身體讓出去也要做的事，一定比她的命還重要，我不能拖累她。」蘇永森說完趴在地上將臉埋入手臂作睡覺貌，但許洛薇和善解依然能聽見他斷斷續續的哽咽。

許洛薇也趴下來，脖子平貼地面，方便善解攀上她的頸背。

「還差多少？」許洛薇隨口問。

「不到十分之一圈。」善解答。

「法術還沒完成就放走戴佳琬，萬一我沒及時趕到怎麼辦？」角翼貓不懷好意地假設。

「沒有萬一，妳已經在我頭頂上看好戲。肥仔，戴佳琬不只是和小艾有緣，還是由妳牽扯上的，過去世因緣不提，當初不就是大學生的妳太扎眼她才會討厭小艾？妳趕上見證她的轉化也是時運所致。」善解不疾不徐說。

許洛薇語塞，跟擁有全部轉世記憶的眞人對話就是這點不利，完全討不了好。

「上輩子我和人類若說有啥交集，就是吃過幾個而已，好吧！戴佳琬變成化妖的事我姑且記著，要是債沒還清，日後遇到再說。」許洛薇同意戴佳琬可能是她前世的祭品小點心之一，這解釋了她被拖下水的遠因。

許洛薇忍不住點評幾句：「我們遇到的第一個BOSS就這樣走了，有點空虛。刑玉陽畢竟不如身為女孩的小艾對戴佳琬感同身受得多，承受的傷害也更多，然而被附身傷害後，小艾卻還是同情戴佳琬，無論渴望救贖或渴望被毀滅，戴佳琬最後追的都是小艾不是刑玉陽，這麼會勾搭惹事，該說眞不愧是『你』的轉世嗎？」

「當然，眞不愧是我的轉世。」善解很配合地接話。

「廢話功力絲毫未減，嘖。」

「那再多廢話問問，考上神明資格了嗎？」敏感話題馬上來了。

「學員培訓中還沒考啦！當初扣下來的一天探親假只剩兩小時了，想解決大苦因緣就趕緊辦事！」

許洛薇載著善解在田埂上小跑起來，一身火焰毛皮的角翼貓與白衣白髮形似少年的嬌小身影穿越黑夜，這一幕曾出現在蘇家族長蒙塵的畫冊中。

□

崁底村王爺廟廟埕，一叢青竹奇異地穿破水泥地向天生長，將深灰色和服男子刺穿後架離地面，男子頭顱從中間出現一條明顯的橫切界線，下半正常，能看出是張精緻俊美的男子臉龐，上半部卻模糊粗糙，像是接上了塑膠模特兒頭部，只有一起經歷那場激烈打鬥的在場人士知道，被溫千歲削掉半顆頭的怪物，損失的部分剛剛又長出來了。

無限再生的怪物，唯一的武器是手裡的斷骨，卻意外重創溫千歲手下陰兵，被斷骨刺中的魂魄無不感到肢解焚燒的劇痛，能保持清醒的寥寥無幾，遑論繼續戰鬥，還是溫千歲親自出手才攔住化妖一面倒的攻勢。

白衣王爺胸口被斷骨刺穿的傷口已完全烏黑，雙眼附近青筋浮現，血紅業痕也蔓延出衣領直達下巴，厲鬼相已現，此時正站在廟頂屋脊休息，都鬼主則坐在他旁邊用一截白骨敲著青瓦持續施術。

都鬼主頭也不回道：「小朋友，這兒不是你該來的地方。」

後方屋簷邊不知何時冒出兩截梯腳，然後是少年絕美的五官，蘇星潮麻利地爬上屋頂後立刻將長梯踢倒，下方立刻冒出驚呼聲：「哥哥你說好只是上去講話！」

「幫忙把風，別跟上來，不然梯子架幾次我踢幾次。」蘇星潮這樣說。蘇星波也的確擔心有個閃失後路被斷，只好嚥下不滿乖乖幫他守梯。

「八十八師兄，你遲遲不和石大人換回陰契控制自己的業障，果然已經不想再當神明了嗎？」蘇星潮毫不婉轉地問。

溫千歲轉動黑中泛紅的眸子看向少年，表情如常，卻能感覺到瘋狂在平靜下滋長。

「這一點在下可能要負點小小小小的責任，過去綁架許洛薇時驚動王爺大人失控，當時蓮花燈被啓動釋出遠古力量，小傢伙應該知道這盞燈的來歷對吧？」都鬼主身邊平空出現穿著黑色唐裝的鬈髮男子，正是借屍還魂的術士蘇亭山，他手捧蓮花燈爲師父護法中。

蘇星潮輕聲道：「是師父送給每位弟子的禮物，可惜絕大多數人在輪迴轉世中都遺忘了這盞燈。」

「所以說這盞燈到底是啥？爲何當初在小艾手裡能散發光芒，還阻止王爺大人墮化爲瘟鬼？雖說實際上只是迴光返照，但也夠驚人了。」蘇亭山問。

「聽說，你爲了得到這盞燈花了很多工夫？」蘇星潮若有所思。

「我可以花一整天抱怨，但還是長話短說吧！沒錯，告訴我怎麼發揮蓮花燈的眞正威力？」

「師父死後，只有一個弟子死心塌地地守著屬於自己的蓮花燈，生生世世，除了燈以外的一切都不管不顧，簡直走火入魔，原來傳燈之人就是你。」

「聽起來不像好話，但小艾最後把燈交給我，總得替她做點什麼不是嗎？」術士答道。

「師父是第一個修出金丹的眞人，你手裡拿的正是那顆金丹的一部分，蓮花燈會吸收精氣是因爲師父說太多徒弟過動，將金丹塑爲燈形順便抽點燃料而已，嚴格說起來只是兼管教用的紀念玩具。」蘇星潮懷念解釋。「師父死後，很多師兄師姊爲了看蓮花燈的火焰燃燒生命，就像毒癮一樣，卻也避免了自相殘殺和大開殺戒的情況。」

「那麼多盞燈爲什麼沒能留住？」

「因爲我們都想吸收金丹，而非保管它，但不是爲了變強，而是獨佔師父的一部分，從而不擇手段地扭曲拆解這份金丹化爲己用，我在作爲魔種被剮魂碎體前，也曾將蓮花燈吞入腹中，重生時燈便消失了。或許蓮花燈融合成我的一部分，萬古長夜中我卻始終不曾感覺到它的存在，但我能作爲人類誕生，沒流落到六道之外，一定和師父的金丹脫離不了關係。弟子們當初的軀殼因輪迴支離破碎，金丹雖然不會消滅，卻喪失作爲燈的功能，被生死紅塵遮掩難以辨識了。」

「所以我是那個捨不得吃金丹的傻子？」蘇亭山問。

「是蹲守發現同門吃了完全沒用還會變弱乾脆留著當玩具的狡詐者，這麼說更好。」

術士沒在自己的前世細節上耽擱：「我問得直白點，只要有燈在就不容易下地獄對嗎？特地做成蓮花燈的形式，暗示也太明顯了。」

蘇星潮淡淡嘲笑：「你想讓所有應劫而來的轉世者蓮花燈重現規避地獄門之劫？這比解開大苦因緣還要不可能，你的燈能留著是因爲不求智慧只是執著一物，報應卻是幼年就溺死在黑暗糞坑中還魂魄昏昧流浪了上百年，這盞燈終究沒能再點燃三昧眞火，你無論如何轉世最後總是能找到自己的燈，可惜除了燈以外一無所有。」

「道家說心者君火，亦稱神火也，其名曰上昧；腎者臣火，亦稱精火也，其名曰中昧；膀胱，即臍下氣海者，民火也，其名曰下昧。聚焉而爲火，散焉而爲氣，爲煉丹之根本。佛家說三昧爲涅槃必修之二十五種禪覺境界，總歸一句話，難得前世師父給了範本，可惜大家修行都斷了還不管教材，你只好打開地獄之門靠暴力解決，是這意思？」術士單手把玩著蓮花燈，對蘇星潮的判詞置若罔聞。

「比如說那玩意就不是能講道理的狀態，你把蓮花燈塞他嘴裡也是白費工夫，無心爲人者全給我下去重修更省事。」蘇星潮指著被穿刺在半空的化妖道。

「師父，怎麼辦？我還期待是個撥亂反正的逆天法寶哩，這會兒好像連吸精氣的功能都故障了。」術士問都鬼主，嫌棄地看著蓮花燈。

「你讓刑玉陽和小艾碰過那盞燈，如小弟弟所說，金丹作為燈的機能已經受這兩個特別的魂魄影響而改變，也許就剩下擺飾價值。」都鬼主不留餘力地吐槽徒弟。

「如果是正常的蓮花燈，或許就能照亮被無明所困的魂魄雙眼吧！」術士文藝地嘆了口氣。

「金丹不壞，但燈會壞的道理，必然是眞人認爲發光這種小事不用靠師父也該能自己辦到才是，蠢徒弟，養你到這麼大還是一片黑，我眞是無臉見眞人。」都鬼主跟著嘆氣。

「師父，誰教我跟著妳不修佛也不修道，就修怎麼治鬼玩鬼。」蘇亭山語罷轉向溫千歲，術士並非平白無故轉移話題，五年前讓失控的溫千歲恢復正常的是蓮花燈，如今溫千歲再度站在墮落發狂邊緣，魂魄甚至受到化妖重創，傷口極爲污穢，疫鬼的惡業便由此蔓延傳染，卻見溫千歲滿不在乎，顯然是刻意放任。

不破戒疫鬼化就無法痛快戰鬥，連眼前這關都過不了，眼睜睜看自家人一個個倒下，當這勞什子神明又有何意思？術士估摸溫千歲就是這麼打算，崁底村的美人王爺可是有副爆脾氣。

溫千歲一旦再度化爲疫鬼，危害更勝化妖，神明若不插手，眞的就只能用地獄門來收這個大疫鬼了，然而當眞要放任蘇晴艾前世最小的弟子自絕性命成爲鬼王？假設蘇星潮當眞成爲鬼王，也無從保證這個新鬼王不會把他和師父拖下地獄。術士沒興趣讓別人來審判自身存亡，此外還不知師父真正的想法，都鬼主尚未將蘇嵐煉成式神，眼下只是壓制住化妖，四周滿山滿谷的敵人虎視眈眈，種種進退兩難的情況中，蓮花燈無疑仍是關鍵變數。

另一個關鍵是，溫千歲還能維持清醒多久？

蘇星潮說吃了金丹反而會變弱，把蓮花燈當鎮定劑用倒是個還可以的思路，悲催的是溫千歲不是乖乖張嘴給塞金丹的主，目前王爺還未散發瘴氣，可說就只剩下那層殼子還是陰神。這次墮化的瘴氣絕對強於上次，蘇亭山沒把握吸了瘴氣後這個借屍還魂的肉身還撐得住，更糟的是連人帶魂都被式神九獸反噬，那樣大屠殺的怪物就會是兩頭了。

還能打的蘇家人就剩他一個，術士也是很無奈好嗎？

「現在還來得及，請你向石大人換回陰契，八十八師兄。而且另一位師兄也別多事，蓮花燈已經由師父的轉世喚醒過一次，現世任何人都無法再使用這份金丹。」蘇星潮再度勸誡。

「都鬼主，妳還在等什麼？」豈料溫千歲卻是對散髮女子發話。

「一心多用總得花點時間。」都鬼主舉起右手，掌心赫然纏著一條紅線，隱形紅線漸次浮現，另一端竟不知何時套住蘇星潮脖子，此時瞬間收緊，少年臉色大變，卻只能軟倒在瓦片上動彈不得，顯然生死已不由自身控制，只能焦慮地瞪著眾人。

「師父？」蘇亭山臉色跟著變了，散髮女子冷不防出手拿下魔種轉世，等於公開表示她要親手打開地獄門。

「王爺，鬼王性質因人而異，比如這孩子若下地獄將是主禍鬼王，你是主疫鬼王，而我則是主魅鬼王，大苦因緣的牽連眾生在地獄的命運將因你我名號不同而天差地別，附庸於你則受盡病痛並互相傳染，附庸於我則爲魑魅眷屬，破碎迷惑恍惚徘徊，皆是大苦。」都鬼主言下之意已將蘇星潮排除，和溫千歲討論誰更適合先下地獄。

「無庸爭論，由我來。」溫千歲冷冷道。

白衣王爺放任自身業障暴走，原來是打算逆向催化自己成爲鬼王。

「鬼王何時成了想當就當的職業？我也能混個當當嗎？」蘇亭山哼了聲。

「蠢徒兒，以實力來說他是我們之間最接近鬼王的存在了，唯獨他有過統領鬼群的實際經歷，如今主動發願下地獄，願力必定強過你我，而對人魂的因緣深度也遠勝蘇星潮，論執著我更加比不上。」都鬼主教訓完徒弟轉對溫千歲說：「然而談到必要性，人間更需要王爺而非我這個閒散的活死人，王爺也非眞心想做鬼王，何不就讓可有可無的我頂缺呢？」

「這是最好的安排。還能喘氣的人沒必要浪費這份肉體凡軀，我則不想繼續卡在不上不下的位置。」溫千歲垂下眼瞼說。

「文滔天，小艾預言過你會成爲天上神明，如果你們記憶中的眞人這麼厲害，你現在的作爲不就是打臉那個不知作古多久的師父？」術士質問溫千歲。

「陰神了不起修成地祇，不可能登天，人間現況就是如此，小艾看見的恐怕是我下地獄後不知多久後再度超脫的未來，那就說得通了，捨棄人間輪迴，許下大願到地獄修行，得大功德才得以飛升。」溫千歲說出不同見解。

「八十八師兄，九十九師兄說過這是我的宿命，魔種轉世的我才是鬼王！」蘇星潮憤怒大叫。

「湘水這樣說嗎？他哄你的。」溫千歲眼也不眨戳破眞相。

「……不，九十九師兄不會拿大苦因緣的成敗和人間安危開玩笑，你只是想擾亂我！」少年眼睛瞪得很大，有如一頭落入陷阱的野獸。

「雖說很多人不喜歡你，禍千，但那和你是魔種無關，純粹只是師父因你消失，而你始終是我們之中最小的，沒人會捨得把師父用血肉和道行換回的你拿去犧牲。而臨死才恢復前世記憶的蘇湘水從頭到尾都不曾告訴我要提防蘇星潮成爲鬼王，顯然那只是遠古前騙你投胎的藉口。」溫千歲慢條斯理換了語氣，眸中多出一份熟悉，那是共享同一段時光記憶的魂魄獨有的印記。

「我作爲鬼王肯定得帶著被業障侵蝕的八十八師兄下地獄，八十八師兄，你成爲鬼王卻能夠排除我還有那些你想放過的人，但地獄不是那麼好出的！你和老大老二的魂魄資質相比之下只是市場貨色，或許你會耗費億萬年來後悔這個決定，然後迷失在諸多地獄裡。」蘇星潮眼神陰鬱對溫千歲道。

「我只記得師父以前常說一句話，做師兄的要有師兄的樣子。」溫千歲說。

「師兄，我也記得小時候師父最喜歡鼓勵我們下剋上。」蘇星潮驀然發話，咬破舌尖，嘴角流出鮮血，血液蜿蜒染上頸間紅線，左手驀然能動了，立刻勾住紅線企圖拉斷，都鬼主微微皺眉加強控制，和蘇星潮形成拉鋸之勢。

「王爺？白衣那位是王爺沒錯？哎，沒想到我也有陰陽眼了。」空氣快被點燃的緊張現場忽然亂入一道女聲，帶著點困惑。

溫千歲與蘇星潮同時瞪向再度被架回屋頂的長梯，以及已經半個身子爬上廟簷的蘇家族長祕書。

「戴佳茵？這裡不是妳應該來的地方。」最吃驚的反而是蘇星潮，贈他十年壽命的女人意外亂入，還被看到這麼糗的姿態，少年心神瞬間不穩，又被都鬼主搶走一分控制權。

蘇星潮警覺不對勁，急問：「我爸爸呢？」

蘇靜池在這波怨靈妖鬼大軍中幾乎不存在自保能力，身爲蘇靜池父子的大恩人，她獨自夜奔到王爺廟幾乎意味著身為主要受保護者的蘇靜池出事。

「養母將我綁架到你們的屋子，當時我可能被小琬的怨靈控制了，意識不清又有門限通行權，大家都忙著抵抗靈異大軍，反而蘇靜池先生家是唯一不可能被搜查的地方，後來不知為何小琬忽然離開，我才漸漸恢復清醒。」

早已精神不正常的養母忠實執行戴佳琬的指令綁住戴佳茵，不讓她有機會求救，另一方面，察覺家中異動的蘇靜池苦於崁底村已是一片混亂，歷經亂鬥還讓所有保鑣斷後，好不容易才趕到住處確認情況，戴佳琬打定主意找個安全點藏起母親和姊姊，好趁亂鑽空子同時帶兩人離村，各項軟硬體防禦森嚴的前族長家被戴佳琬用來藏匿肉票倒是很聰明的一著，更別提戴佳茵還是極少數獲得蘇靜池信任能自由出入的人物之一，本身就是把活鑰匙。

蘇靜池在為戴佳茵鬆綁時不慎被埋伏在一旁的戴母砸中腦袋，不幸中的大幸是，他昏迷前及時割斷束縛戴佳茵的束帶，最後是戴佳茵制伏了瘋狂偏執的戴母，聯絡醫療組將人送往地下醫院，一方面又擔心戴佳琬作惡，想起溫千歲正好能對付不屬於祖先與客人的外來邪物，這才直接過來求援。

蘇靜池都昏倒了，現任族長不在，當然也沒有人能對戴佳茵指手劃腳，她愛去哪去哪，剛打贏瘋狂養母的女人多的是腎上腺素，就連臨時司機被附身，戴佳茵都能淡定地踩煞車摸出司機口袋裡的配給手銬將人銬在方向盤上，繼續往王爺廟跑，數年來勤練的防身術與體能都在這一夜派上用場。

戴佳茵解釋完現身王爺廟的來龍去脈後表情有些放空，看似刺激太多已經麻木了，此時用就事論事的口吻道：「小潮，你最喜歡的那些人，魂魄並沒有瘋狂吧？至於大苦因緣的其他雜魚，幹嘛理他？讓他們自生自滅就好啦～」

眾人無言。明明是強而有力的發言，同時又令人無比酸爽是怎麼回事？

「對不起，剛剛我把重點都告訴佳茵姊姊了，她救過哥哥的命，有權知道一切，包括蘇家今天為何會變成這樣。」屋簷下傳來蘇星波中氣十足的聲音。

蘇星潮朝弟弟的方向狠瞪一眼，可惜後者沒有透視能力不痛不癢。

「小艾說過希望我們擁有各自的幸福，犧牲自己讓大家都幸福這種事，她其實是不認同的，雖然不認同，還是努力去做了，只因沒有人比她更適合。她說自己是為這場劫難才投胎，她一定希望你走別條路。」戴佳茵繼續試圖打動情緒不穩的少年。

「但我也是為此而生，不能貫徹使命，我的存在豈不成了笑話？」小潮苦笑。

「你把大人長輩當成什麼了？你變成笑話總比我們變成笑話要好。」戴佳茵不客氣地說。

蘇星潮張口結舌看著她，辯才故障。

「說得不能更好了，姊妹。」都鬼主讚道。

「別小看我這個禍種！」末了，感覺被大人集體欺負的蘇星潮非常青少年地爆炸了。

「所以你們是要爭打開地獄門的資格嗎？要不要乾脆打一架決定？否則搶來搶去一團亂，變成一次開三扇地獄門大家都成了鬼王不就糗了？」嬌俏女聲宛若一道落雷先在屋頂上炸開，眞身卻停留在高空中，十足出人意表的傳音對話。

「誰？」蘇星潮昂首。

術士作勢上望，卻是懷念的笑容。「這可眞是……頗爲有趣的光景。」

「挪挪位置，人家要降落啦！」女聲說完，只覺某道灼燙力量迅速下降，獸爪壓住都鬼主用來束縛蘇星潮的紅線，一頭約成豹兩倍大的角翼貓背上載著白衣白髮的嬌小身影神幻登場。

Chapter 14 / 眾緣和合

「洛薇妹妹，幾年不見，怎地縮水了？」術士友好地打招呼。

「我是配合王爺廟的屋頂變小好嗎？都快站滿了！」自稱「赤虎鬼王」的許洛薇堅持她也要享受重要角色才有的屋頂特權。

「我倒覺得像是擂台淘汰戰呢，這屋頂。」善解說。

「《幽遊白書》真是經典中的經典，提醒我完事後要弄一套回山裡溫習。」角翼貓非常認真地說。

另一邊，溫千歲和蘇星潮則目不轉睛看著白髮之人，張口結舌說不出話來。

過了一會兒，蘇星潮先開口：「師父，是您嗎？」

善解笑意不變。「自信一點，把問號去掉。」

「這欠揍的口氣，果然是你，小艾她怎麼了？」溫千歲方才鉅細靡遺打量眼前的存在，並不完全因為懷念，他同時還在尋覓另一個女孩的氣息，那個經常令他哭笑不得的凡人孩子。

「晚點就換回來了對吧？」許洛薇自作聰明搶答。

善解摸摸角翼貓的臉頰，並未給予任何肯定。許洛薇歪著頭問：「不是嗎？」

「真人，你果然和王爺與小潮，甚至一度覺醒阿賴耶識的葉世蔓都不一樣，彷彿從來就只有你這個存在，不曾死亡也不曾誕生的本尊。」都鬼主語調有點悲傷，「都鬼主們代代相傳你的故事，親眼見到，我才知道那些傳說並不誇張。禍千取代小潮的意識，依然被小潮的人生同化，天界欲封印的無名魔王也不例外，大家即便憶起前世，卻未變回過去的自己，但我從你身上卻絲毫感受不到任何小艾的影子。」

都鬼主輕聲說出在場多人的心聲：「對喜歡小艾的人們來說，這是何其殘酷的一件事，我看不見你們的魂魄，是我太弱了，也或許是人身的我還不具備這份眼力。」

「小艾把你們託付給我了，未來就是這麼不可思議，我不曾預見這一天，所以也無法回答傻貓的問題，我只能先試著達成小艾的願望。」善解說。

「小艾姊姊的願望？相信前世無所不能嗎？那她可犯了個大錯，我就是您用盡力量的證明，現在的您憑什麼？」蘇星潮竭力想表現出憤怒，聲音顫抖得彷彿隨時會哭出來。

「老大老二老三都不在，看來是對你們有信心呢！」善解故意環顧四周。

「如果他們想起前世，以大師兄們對師父您的執著程度，恐怕小艾姊姊的存在便無足輕重了，是以這輩子的魂魄人格本能避免接觸危險信號，比如意識到小艾姊姊的死，以及師父您覺醒的事實，他們的確更有本錢抵抗誘惑。」蘇星潮咬牙說，那是強者才擁有的「選擇的自由」，正如無名氏魔王可以選擇重回阿賴耶識讓人類的葉世蔓甦醒。

「大家都有值得驕傲的轉世，很好很好。小千，不，該稱呼你小潮了，這輩子的你和小艾一樣，都努力到最後了，就如同佳茵說的，你有資格繼續新的人生。」善解說完，蘇星潮忍不住落下眼淚。

「我不要！我活夠了！鬼王很好！我可以選擇讓誰留在人間，誰跟我下地獄！這就是我想要的！想怎麼死是我的自由！我的！」被天界千刀萬剮慘死再被師父以命換命復活，相同之處都是身不由己，也是前世今生蘇星潮最過不去的一道坎，這一次，他想要親自做些什麼，承擔更多。

「你用完壽命後想死一死繼續投胎我沒意見，師父唯獨不喜歡你們下地獄，照例盡全力阻止唷！上輩子跑了條漏網之魚讓我多麼不爽，大概就是集點失敗的怨念才讓我被小艾打動。」善解露出真面目，笑得不懷好意。

「你是那種會計較滿分的類型？九九九不是很猛了嗎？」許洛薇訝異。

「以前見過有個人許下『地獄不空，誓不成佛』的願望，我覺得超帥，可是我既不想成佛也不想太累，那一世就許了個願應援一下偶像，讓地獄少一千個倒楣蛋，不錯吧？生活總算有目標，努力半天卻被老大的自殺搞砸了，結果到頭來最後一個弟子和我的命運還是沒變，畢竟是我早就決定好的事。」善解按著額頭遺憾地說。

「眞人的執著原來這麼樸實無華且無聊。」術士感嘆。

都鬼主似因善解的話陷入思考，蘇星潮不著痕跡地掃過被許洛薇壓在爪下的紅線，突然發難撕斷頸上的線圈，朝離地約三層樓高的屋簷邊緣衝去，打算跳樓強行屍解，卻在一腳踏空前被角翼貓抓回拍在瓦片上。

「別讓白髮人送黑髮人啦！再說，你把我們這些長輩當塑膠喔？」許洛薇不輕不重踏在蘇星潮背上說。

「無論混蛋師父怎麼裝模作樣，這場劫難就是須用地獄門那樣的巨大力量來化解！」蘇星潮扭頭低吼。

善解蹲下來戳了戳小徒弟氣紅的雙頰。「我是眞人嘛，總會有辦法的。」

「所以說眞人到底是什麼！」許洛薇最不耐煩那些玄之又玄的名詞。

「據說是變化多端的得道之人。」

語罷，那抹雪白身影定定往前走，在蘇星潮錯愕的目光中縱身跳下屋簷。

溫千歲瞬間伸出手，一團金紅透明的火焰卻更快包住白髮之人，將善解輕飄飄地送到地面，許洛薇對少年咧出貓科動物的邪惡笑容：「就是這樣，你跳樓也是白跳，反正我們都會空中定格的念力，最好乖一點，不然就把你擺成羞羞的姿勢唷！」

蘇星潮再次確信和師父一起混的都不是什麼好鳥！

角翼獸將頭探出屋簷，盯著站在廟埕上的眞人。

「毛頭~你忽然跳下去標新立異是不是想偷偷耍帥？」許洛薇蠢蠢欲動，又捨不得將揉捏美少年的機會拱手讓人。

善解不理會沒營養的問題，直直走向被釘在地上的化妖，青竹四周浮現一圈黑影，正是與術士一體共命的式神「九獸」，蘇亭山本人也來到善解對面。

「你想破壞儀式？」蘇亭山對眼前這個支配蘇晴艾肉身的存在，警戒程度不比對化妖要低，那就是大苦因緣的緣起，說是災禍之源也不為過。

「順道看看，雖說我也同意這隻化妖不適合都鬼主小姐的品味。」善解聳肩。

「蘇嵐該不會也是你某個弟子吧？話說在前頭，就算他是我親弟弟的後代，或前世曾經與我稱兄道弟，少爺我沒興趣敘舊。」術士露出牙齒的笑容中透出與九獸相同的黑暗本質，甚至誘發屬性相近的化妖狂暴掙扎。

善解索性席地盤腿，一副賴著不走的態勢。

「蛇群已經開始吞起前頭的尾巴了，這些東西今夜非要把你啃得乾乾淨淨不可，恐怕也是地獄門開始顯現的徵兆。蘇星潮就算了，師父看來和你有話聊，但你要怎麼阻止心意已決的王爺？」術士挑釁地問。

善解凝視著前方水泥裂縫裡的泥土，又看向自己的指尖，末了垂下手掌，以中指指尖輕碰地面。

術士臉色一變。「『觸地印』？」

「轉世的身體的確力量不足，我擋不了想當鬼王的蠢弟子們，只好姑且擋擋地獄了。」善解表情無奈。

「這是釋迦牟尼在菩提樹下證道時的手印，也是退魔印，在群魔亂舞迷惑佛陀時，堅牢地神自願爲他護法。你忽然來這齣什麼意思？神話故事能當眞嗎？」術士眼力毒辣，立刻看出善解貌似隨意的小動作實則深具來歷。

「我希望能藉地神之力，封鎖崁底村這片土地不被地獄破界，其他再說。」

大地爲何沒破碎成虛空？便是有「堅牢」這位古神率領無數大小地神創造連繫出萬物基礎。「堅牢」無處不在，無所不見，每顆石子，每粒沙塵都是祂的一部分。

「前世我很喜歡『堅牢』，可惜祂老是不理我，我偏生欣賞『堅牢』的性格，佛陀不需要祂幫忙，地神卻自願參戰對抗魔王波旬，可說是誠實又熱血的一位巨神。」善解閒聊般手持觸地印，指尖輕點地面不動。「不需要神媒和靈力，『堅牢』本來就負載眾生並見證世上一切，許多人甚至天天都在跟『堅牢』對話而不自知，包括小艾。」

在崁底村出生，裸足踩在土地上與花草玩耍，上大學和失業時也養花種菜，還是無神論者時最熟的神明就是土地公，作爲蘇家族長建立第一個大功績是自然農場，蘇晴艾的一生可謂與土地深深相繫。

「小艾就是『堅牢』最喜愛的那種孩子，成長、飲食、戰鬥、起居無一不是貼著大地，她靠一己之力締造的緣分絕非等閒之物，我的知識與她的遺產，用來召喚地神綽綽有餘了。『堅牢』，看在蘇晴艾這孩子的面子上，鞏固她的子民和家園吧！」善解語罷，視野所見處的地面均發出隱隱金光，一股寧靜龐大的無形壓力從深處迫近，彷彿有隻隱形巨掌托住大地，隔絕所有異界影響。

「不愧是眞人，沒想到還有這招。」都鬼主讚道，「但此舉好像無益大苦因緣的魂魄暴動哩？只是讓我們的處境變得更危險了。」

堅牢地神支配這片土地，表示都鬼主用來束縛化妖的法術直接失效，此刻固定蘇嵐的神幻青竹正用肉眼可見的速度發黃乾枯。

「既然小艾特地拜託，我會用我的辦法處理。首先，八十八，別干擾我。如果他不聽話，肥仔，我授權妳替我管教弟子。」善解猛然回頭直視溫千歲，嘴上卻如此吩咐。

「收～到～」許洛薇鬆開一臉頹喪的蘇星潮，舔了舔爪子躍躍欲試。

黎明時分，天際線本該開始泛白，王爺廟四周卻暗若蠱毒之壺，無以名狀的存在、缺乏實體的怪物密不透風地層層圍繞，此時它們的心思全緊緊黏著在白衣人身上，甚至拋下近在咫尺的眾多活人，生恐搶輸一丁半點罕見的轉世眞人血肉，其中離善解最近的化妖已恢復自由，卻站在大苦因緣召喚來的失控怪物包圍圈中舉棋不定。

蘇嵐心想，他的軍勢已經被不知哪來的龐大精怪野鬼群攪碎混合，眞人轉世一出現，沒有任何妖鬼還能冷靜談判分贓，麻煩的是，別說擄人突圍，就算直接將獵物吃下肚，自己也會立刻被其他瘋狂怪物嚼碎分食。現在蘇嵐是離唐僧肉最近的一個，只要他一動就是開戰訊號，就會有小山般的無數嘴牙咬下來。

是所有轉世修行者都有這股魅力，還是因爲那個人格外不同？比起血肉，蘇嵐發現他竟更被白衣人的眼神笑容吸引，甚至爲了想多聽白衣人說幾句話而佇足，更有種獨佔獵物哪怕一滴血都不能相讓的狂熱。

他就是被養蠱者鮮血吸引的第一隻蟲子，卻不能肯定自己是最後倖存的那隻蠱王。

「爺爺，我把自己復活了，就是爲了看清楚你到底在玩什麼局？這一次我要贏。」化妖作夢般對善解身後的虛空說話，整座「崁底村」就像是蘇湘水的化身，一開始就是爲了聚集什麼而生，蘇嵐將之解釋爲蘇湘水的棋局。

身為蘇家族長，蘇嵐怎麼可能不對蘇湘水的能力與誡律感興趣，家族內部非正常死亡與冤親債主的存在現象，對他來說更是遠比世俗享樂更刺激的謎題，他願拿命來賭，蘇湘水保留的底牌卻是弟弟蘇洪清而不是他，多麼傷人！

「所謂『大苦因緣』就只是為了讓眾多前世相關魂魄再見到善解眞人，沒說見了之後會怎樣，但他是有私心的啊！哈哈！蘇湘水想保護師父轉世，想當個僞善好人，所以會對眞人造成危險的魂魄全被他和他養出的王爺篩到不容易相見的外圈了，能守護疼愛眞人的全給他努力留在蘇家。我偏偏要和他作對，只要毀了這具轉世肉身，就是我贏了！」蘇嵐發出破碎的笑聲。

隱身在冤親債主索命鬧劇的烏煙瘴氣之後，借助溫千歲容忍的崁底村弱小精怪和活人死魂更新情報，加上本就是熟知蘇家細節的先代族長，旁觀蘇晴艾從落魄喪親孤女走上族長之位過程所暴露的蘇家因果，蘇嵐總算弄懂了生前從未明白的命運，以及在這份命運中落敗後停滯不前的羞辱。

就連蘇晴艾這個作為轉世肉身的女孩子也只親近溫千歲，同樣是死人，蘇嵐始終只能藏匿於污穢黑暗，錯過的年代與遭放逐遺忘的魂靈，從來沒有選擇餘地，這不是偏心什麼才是偏心？

善解洞悉一切的目光尤其令人生厭，蘇嵐舔了舔充滿血腥味的嘴唇。

「你不是我的弟子，倒是湘水的，說起來我還是你前世師祖呢！你和湘水某種程度上最爲相似，都過了N輩子還念念不忘找師父，雖然沒有他締造大苦因緣的本事，但潛意識會想用我來誘出他的轉世也不奇怪。」善解歪著頭評論。「今生有緣爲祖孫，爲何不好好珍惜呢？湘水明明很長壽，你們有機會挑戰五代同堂，可惜啊可惜，我不清楚湘水轉世去了哪，知道也不告訴你。」

化妖齒根陡長，犬齒如虎豹突出，刺入嘴唇下緣，血染的臉孔更加猙獰。「閉嘴！我不認識你！你只是我增進力量的食物！」

「那個——據說是前世師父的眞人，您佔著小艾妹妹的身體到底打算如何解套？我的式神快守不住王爺廟了。」術士讓九獸圍繞王爺廟像絞碎機般以觸手亂打，加上溫千歲的鬼兵貼牆死守，這才沒讓王爺廟在第一波魂魄大浪來就潰堤，即便如此，覬覦眞人魂魄血肉的妖鬼卻像海嘯一樣愈堆愈高。

另一方面，九獸怨氣卻不斷被土地裡陡增的神力吸走，萬物歸於塵土的本能瞬間凌駕於生祭法，術士正處在被加速放血的負面狀態。

「我用小艾的善業和面子請堅牢地神擋住地獄靠近啦！」善解一副「你沒長眼睛嗎」的口氣。

「還有呢？」術士冒出不祥預感，通常是他甩得一手好鍋欣賞別人氣得牙癢癢，眞人這塊招牌必須有點料，現在可不是營造個性的時候！

「沒了，順其自然。」善解攤手。「小艾不希望老大他們覺醒前世，我個人是可有可無，天界要出手也沒差。既然湘水的破門弟子想踢館，我就代替湘水收個尾，賞他個單挑機會，當作是蘇嵐代領湘水的入場券。」

一聽到單挑，頓時無數疑問目光全打在善解身上。

「毛頭，不是我看衰你，小艾這破爛身子眞的打不動了，她也不會法術。除非你前面都在裝弱，有啥大絕就快放！」許洛薇下意識催促，妖貓的她不會看不出好友肉身早已氣若游絲。

「居然說要單挑？我會殺了你！別以爲這些陰神鬼使能護你周全！地獄門不開，他們只能戰鬥到力竭，然後跟著這村活人一起被剁成肉醬！你們的寶貝王爺瘋了之後興許還要分杯羹！」五官半屍化的蘇嵐怒吼。

「那就來吧！讓我用血肉爲你們這些魂魄刻下更深的傷痕和罪業，深到你們每次轉世想起這段經歷都心痛如絞。」善解垂下眼睫平靜地說。

蘇星潮愣了愣，聲嘶力竭大吼：「你不能這樣對我們——」

「又是痛到叫不敢的暴力解？比下地獄還要狠！這些想當鬼王的不良果然都是你教出來

的！」角翼貓跟著嚷，語調滲著不尋常的怒氣。

「眞人，您主動犧牲的確是可能連動到其他轉世者覺醒暴走，逼天界最快出手鎭壓解救無辜的方法，但……」都鬼主說不下去，一向表現淡然的她皺起眉頭無法認同。

弔詭的是，連眼前這隻慘淡化妖都比善解更具人性，須織就大苦因緣才能網羅的眞人魂魄，竟是這種連預備鬼王都會心生恐怖的存在。

正因爲不是虛張聲勢，更顯得殘酷，無論是提早自絕意識的蘇晴艾，或是善解爲她的肉身選擇的結局，並非最美好的，卻是最現實的手段，毫不浪費地利用了蘇晴艾這一生的累積。

蘇嵐五爪暴張，猛然朝善解臉孔揮下，無數精怪彈跳而起，黑鴉鴉一片搶佔廟埕中心。屋頂上，溫千歲凌空衝向化妖，卻在半空被許洛薇撲倒，以爪子強按在地。

「臭女人妳幹什麼——」溫千歲沒想到千鈞一髮之際，最該去救人的許洛薇卻來暗算他！

「我早就想把王爺壓在地上摩擦摩擦了！喵哈哈！」許洛薇嘴上笑得輕佻，實則差點被瘟神憤怒掙扎掀翻，連忙將肚子也壓了上去，溫千歲則因超乎想像的灼熱觸感和大面積接觸一瞬當機，錯過阻止化妖的最佳時機。

化妖指尖距離善解的眼睛不到一公分冷不防靜止，即便是傲慢的溫千歲，那一瞬竟也生出慶幸，都鬼主果然不只是自吹自擂的封號。

「不是我阻止化妖，堅牢地神的神力讓此地一切法術強制失效。」都鬼主看出溫千歲的想法，嘆息解釋道。

溫千歲全力掙扎，許洛薇不得不縮小獸形到適當大小，額角擦著溫千歲頸側釘入地面，張嘴含住溫千歲脖子繼續下壓固定。

王爺幾時受過這種屈辱，立刻紅了眼睛，卻聽聞許洛薇聲音響起：「想想你師父，善解那變態有需要你們拯救的時候嗎？別撒嬌了！」

那是站在相同高度上才能自然而然說出的評語，這時一段回憶湧入腦海，他瞬間想起前世自己竟是見過角翼妖貓，這怪獸的確有和師父平起平坐的資格！

「是你……」

「總算想起來啦？小烏鴉，我也被你的言靈搞過呢！現在乖乖看著吧！」許洛薇以意念發聲，渾身火焰與瘟神瘴氣互相抗衡。

化妖靜止得有些久了，只要稍一動就能刺穿善解眼球，勾抓頭骨扒開天靈蓋啖食大腦，過近的距離導致在場無人敢輕舉妄動。

血淚緩緩湧出化妖眼角，他想證明什麼似地傾身威嚇，爪尖卻無論如何都無法移動分毫，四周妖鬼則原因不明地跟著靜止。

「那些怪物簡直就像害怕刺激蘇嵐不小心衝動傷到小艾姊姊……」蘇星波不知何時也跟著爬上屋頂，在戴佳茵眼神暗示下，趁蘇星潮沒注意時從後方用寢技偷襲成功，以免蘇星潮一逮到空子就衝動自殺，此刻一邊用四肢卡著雙胞胎哥哥，同時居高臨下觀察廟埕上的驚險畫面。

「我想殺了你……爲什麼身體不聽使喚……你到底是誰……爲何我想不起來……」蘇嵐顫抖著垂手跪地，滴著血淚反抓臉皮，瘋狂的模樣令人不忍卒睹。善解眞人到底是什麼？他僅是爲報復才解開爺爺塑造蘇家宿命的眞相，眼前的存在卻令他身不由己，嘗到生前從未有過的心碎滋味。

善解起身俯瞰化妖，蘇嵐的狂烈情緒如同氣味一樣擴散，比起語言更快速地傳播出他對「殺死蘇晴艾」這件事的極端排斥，妖鬼們迅速興起連鎖反應，陷入與他類似的半木僵化瘋狂中。

殺了蘇家族長，從無以名狀的執著中解脫！蘇嵐和無數妖鬼本能探知從命運之網中獲得自由的答案，卻因這份殺意將導致的結果陷入混亂。

「畢竟是大苦因緣中最痛的業力，前世眞正經歷過的『剝奪』，光是想像就受不了，你們這些記得的人也覺得下地獄還比較輕鬆吧？」許洛薇興致盎然地對溫千歲評論道。

「放開我。」溫千歲認爲自己此刻還能冷靜發聲堪稱奇蹟。

「你先答應不動手不干涉那毛頭的決定，他可是連小艾的命一起賭上了，我不能容忍親友白目搗亂，就像前世的你們家老大自作主張。」許洛薇警告。

「好。」溫千歲咬牙承諾。

「算了，我不相信你，反正沒人在意我們用這種姿勢觀戰啦！」許洛薇說完無視溫千歲打算捏爆她心臟的暴怒眼神還吹了兩聲口哨，長馬尾散了一地的王爺氣得七竅生煙，善解眞人則嘴角微翹默許她作威作福。

烏雲密布，漫長戰鬥早已過了白熱化階段，人類方節節敗退，只能在妖鬼大軍注意力被引開時苟延殘喘，日出時刻，濃暗中反而多出大雨將至的潮濕寒冷，黑夜彷彿沒有盡頭。

「你不想殺我，你只是想念你的師父了。」善解眞人對蘇嵐說。「我已一無所有，小艾不是繼承我的能力，而是繼承湘水的，血緣加上異能，他在大苦因緣裡可是不惜代價把自己設成用來捕捉我的最粗的一道索，哪怕魂魄失去重逢之時留在這張網上的機遇！」善解說著，輕輕摸了下眼皮，「所以小艾和湘水一樣只能看到和自身有緣的眾生。你從她能力一覺醒就偷偷監視，某種意義上，你的確是看著湘水眞實的一部分，這可是會讓業力快速加重喔！」

蘇嵐如同聽不懂人言的野獸一樣呆滯保持抬頭姿勢，彷彿乞求著什麼一般。

終於見到那個人，卻不明白這無比珍貴的相逢有何意義，魂魄們哀號悲泣，困惑不已。

「『無明』惟重惟深吶！要不是聽過眞人的故事，我說不定此刻也混在那堆愛恨交織又想不起來的傻瓜裡面。」都鬼主感慨。

「所以能夠從遮蔽前世今生的『無明』中穿梭自如的眞人，才被你們叫作變態嗎？」術士看看都鬼主，又看看自己手裡的蓮花燈，忽然有了個主意。

「善解眞人，我不要蓮花燈了，聽小鬼說這盞燈是你送弟子的金丹，物歸原主能否替一無所有的你充個電？好歹也是我給笨蛋戀童神棍打工十年的工資，必須得有點用處啊！」術士走到白衣人身邊，差點引起化妖的攻擊，善解輕輕抬手攔住，化妖立刻又縮了回去，有如害怕眼前的白衣人一碰就碎了。

善解若有所思地盯著術士：「沒想到第一個憑己力脫離大苦因緣的弟子居然是你。」

術士驟聞眞人此語也是一愣。「把燈交給你就算脫離？」

「是。」

「這麼簡單？」

「當你覺得把自己的東西分享給別人這件事簡單的時候，表示你長大了，爲師甚感安慰，記得你以前拿到什麼東西都要藏起來，可不是一般的小氣鬼。」

術士聽到這句評語本想用扔的，末了還是好好地將蓮花燈放到善解攤開的掌心中，下意識回頭望了一眼都鬼主，意外了斷大苦因緣並未帶給蘇亭山特別神奇的感受，只是看見屋頂上相伴甚久的女人時，心中冒出一股淡淡暖意。

「哪怕是活死人，就這樣過日子也挺有意思，比起你我更喜歡小艾妹妹，對前世來生沒興趣這一點我和她特別合。」術士破天荒袒露心聲，這個降臨而來的存在如夢似幻，宛若泡影，讓他有種不能浪費時間的緊張。

「那麼，作爲疼愛過去徒子徒孫們的特別服務，如你所願，這次，就將燈燃盡了。」善解說完舉起蓮花燈，古銅燈體表面迸出發光裂紋，淡金色虛幻潮水自裂隙淹向四面八方，首當其衝的蘇嵐哀號一聲抱住頭。

「他們這是怎麼了？我好像沒感覺？金丹眞的發動了嗎？」術士說完逐一打量在場熟識，眾人也是一副與先前無異的反應。

「只是給予這些來找我的魂魄在業道輪迴中短暫清醒的定力，原本就有足夠定力的人自然不需要這道眞火了。」

「也是，說不定還攢著自己那份金丹。」術士望向金色潮水中迅速覺醒的大量存在感，簡直像引爆數百股噴泉，潮水瞬間成爲滔天洪水。

一盞光明燈將火焰分給另一盞熄滅的燈，自身火焰卻不曾減少，即便經過萬古長夜的沉睡也不曾消失，星星之火依然燎原，這就是眞人贈予徒弟們的力量嗎？

蘇亭山好笑地朝蘇星潮投去一眼，還說他想重燃迷失魂魄的燈是痴心妄想，瞧瞧眞人做起來簡單得令人髮指。

妖鬼們自動列隊，經緯分明，一些陌生形體趨前屈膝蹲跪，大多數只在原地靜止，表情無比糾結。

「看來是都想起前世記憶了喵，弟子似乎沒來齊，冤親債主倒是一窩蜂報到。」許洛薇特別俐落地鬆爪往後躍開，溫千歲竟也沒多餘心思還手，僅僅起身加入這不可思議的一刻。

無人開口，眾多雙眼睛只是凝視著事件中心的白髮人。

「爲什麼要喚醒我們？你能拯救我們嗎？」蘇嵐跟著跪下，朝善解伸出血跡斑斑的手掌。

「顯然不是每個人都想要被我拯救。」善解攤手。

「……我怎會變得如此差勁？」蘇嵐喃喃說出許多魂魄的心聲。

「輪迴嘛！忘記然後鑽牛角尖很普通的。」

只是記起繁雜前世以及最刻骨銘心的過去種種，那些殺意與惡毒並未消失，萬般糾結的靈魂痛楚也是。

白衣人伸出雙手，四面八方射來無數沾染金色水光的透明絲線，密密地纏繞著眞人的十指，乍看彷彿成了蛛網中心的粉蝶。

「弟子們欠下的因果，我善解願認這筆帳。」白衣人合掌，絲網隨著這個動作融為一體。

「大苦因緣破解得了嗎？金丹效果貌似很快就要消失了。」術士問，他手裡也握著一條絲線，卻沒有想起前世。

「今天當然是解不了。」善解用看白痴的眼神慈祥地望著術士。「我決定委託小艾慢慢調解，倘若這一世不成，下輩子，下下輩子，我必乘願再來，就跟你們這群兔崽子耗上了。」

「師父……您何必為了我們在五濁惡世染污自己，大夥也只是想著見一面就夠了。」溫千歲沙啞低語。

「毛頭不用染就夠污了好嗎？」許洛薇插嘴。

「為了一面的執著，瞧瞧你們製造出多少不必要的業障？只是露個臉就能止血，說起來也是挺划算了。」善解不以為然，聲音在絲網上輕輕振動，許多魂魄面有愧色。

金光開始黯淡，群眾間響起或大或小的啜泣聲。

「來日方長，轉世遺忘也不必難過，除了『大苦』，又不是沒其他緣分了！散會散會！」眞人打了個呵欠搖手。

「啊咧？」術士凝視著抹在掌心的淚水，卻發現不由自主落淚的不只有他，再看向白衣人，發現對方嘴角緩緩溢出鮮血，一臉倦意。

「這身子畢竟太弱了，以後可得好好對待我的轉世，或許她能陪伴你們久一點。」善解說完如斷線風箏軟倒，角翼貓及時側身接住好友。

「肥仔，除了妳，我們各有各的任務，這輩子恐怕是不會再見面了，抱歉哪！」善解眞人躺在火焰毛皮中，眼眸半睜，顯然肉身已衰累至極。

「三界猶如火宅，眾生皆是室友，我們好歹都住在台灣島上修行，根本就跟睡同一張床沒兩樣！」許洛薇撇撇嘴沒好氣說。

「說得也是，那就下次再會。」

善解眞人最後朝後山族長小屋方向深深望去一眼，閉上眼睛。

蘇嵐是第一個離開的，這個化妖就像戴佳琬一樣果斷轉身遠去，哪怕只有一句「散會」，也是善解眞人紮紮實實對他們下的命令，不再是一無所有，還有那個人此刻的指示與日後安排不是嗎？於是暫時還保留著前世記憶與懊悔羞慚的妖鬼大軍就這樣散了。

隨著金光徹底消失，崁底村恢復一片空蕩寂靜，烏雲密布的天空則漸漸嶄露日光，角翼貓守在貌若沉睡的白髮人身邊，直到確認大勢底定，才將蘇晴艾的身體交還蘇家人。

溫千歲這時才發現身上瘴氣被許洛薇的妖火燒燬大半，但角翼貓的火焰毛皮也減損不少，結果惡化暴走的業障意外掉回到能控制的程度，可說是五味雜陳。

「小艾就拜託你們了，有什麼問題可以問老大老二和老三，就算他們想不起前世，也應該知道怎麼做，畢竟過去累生你們惹的麻煩大同小異，他們應該早就內化成本能反應了，反正我記得的情況是這樣沒錯。」許洛薇想了想，補上幾句吩咐。

「妳……」溫千歲欲言又止，卻被蘇星潮打斷。

「妳眞的不會再回來？答應我的婚約怎麼辦？」蘇星潮此話一出，周遭的人表情或多或少都有些怪異。

許洛薇發出千金小姐式的笑聲，搧了搧翅膀。「見到我這副模樣還想娶，眞是有意思哈哈！不過，小朋友，心不在焉還是別對姊姊說大話了。」角翼貓的視線若有深意地在蘇星潮和戴佳茵之間來回掃過，蘇星潮心虛地垂下目光。

正如善解眞人所言，蘇家除了大苦因緣之外，還有各式各樣的緣分正在累積。

「除了毛頭，這輩子我又認識不少新朋友，値了。」角翼貓對戴佳茵伸出前掌，後者快步上前，毫不猶豫地握住。

「妳和他們的因果不太一樣，不是追著毛頭不放，比較像是被捲進來，如果在蘇家待得不習慣，我家非常歡迎妳，我和小艾都很喜歡妳。」許洛薇笑嘻嘻地說。

「我知道。」戴佳茵哽咽。

「和小艾有關係的人們，我許洛薇將來成神會特別保佑你們的，包生男包生女還有統一發票中兩百元！青山不改，綠水長流！啾咪！」角翼貓發出銀鈴笑聲，張開翅膀踏空飛入雲中消失無蹤。

「最後還是那麼胡鬧！」溫千歲冷哼。

「就像洛薇妹妹說的，不必介懷是否相見，大家都在同一座島上，還眞是多了位玫瑰色的道友。」術士表示該去喚醒眞正的轉世大頭們，好把爛攤子交接出去。

蘇星潮抱著堂姊昏迷的瘦小身軀，他猶帶淚痕的臉上泛起失而復得的憂傷微笑，蘇星波站在身側，拍了拍雙胞胎哥哥的背表示安慰。

蘇家劫難雖然傷損嚴重，不幸中的大幸卻無一人死亡，這是事前繁複的準備加上許多人神妖異明裡暗裡力挽狂瀾的結果。

天界雖未公開對蘇家劫難出手，崁底村外卻是有許許多多眼睛盯著大苦因緣發展，此外這支妖鬼大軍在進入崁底村合流前也得通過層層關卡和地頭蛇的考驗，抵達崁底村前已有耗損，時不時還會和其他地域的境主起衝突。

比如白峰主來到崁底村外的丘陵守候，雖無爲人類而戰，卻現出駭人巨型元神，變相成了座長城，截流住從山的另一邊蜂擁而至企圖分杯羹的妖精，美其名曰「等山神隨從吃完年夜飯後接送回家」，許多妖怪不得不繞路，因此遭逢在崁底村外觀察情況的修道者以及原本就鎮守各地方的神明兵將，少不得被敲打一番，原本一場雪崩式強襲，就這樣被拉長戰線稀釋成崁底村人勉強能接戰的程度。

蘇洪清附身丁鎮邦之後的活躍表現讓一些蘇家鬼臨時退卻，在兩名前族長的戰鬥中保持觀望，間接導致跟隨蘇家鬼進村的妖怪方步調亂上加亂。

單兵締造駭人戰果的刑玉陽終究力竭倒地，他始終不曾向指揮中心求助，甚至刻意避開崁底村同伴注意，除了深知蘇晴艾本身凶多吉少不願再麻煩她，就是想避免圍點打援的情況。千鈞一髮之際，居高臨下縱觀戰場的白峰主通知葉世蔓趕緊救人，同樣戰到只剩逃跑之力的葉世蔓便禮尚往來，將奄奄一息的刑玉陽扛到白峰主身邊，算是還了刑玉陽曾在山中揹著他艱苦求生的恩情。

從陰間領命而來的蘇洪清戰鬥時限屆滿，不得不中途退出，此後丁鎮邦身體便留在半山腰的族長小屋沉睡著等待魂魄歸位，族長小屋四周異常乾淨沉寂，竟沒有任何妖鬼攻擊結界趁虛而入奪舍，無形壓迫感瀰漫整座後山，彷彿隆起的火山口冒出一絲黑煙，不知何時將要噴發。

直到善解眞人覺醒之後，冤親債主與妖鬼的攻勢才在眞正意義上轉爲退潮，對固守崁底村的人們而言依舊充滿危機，連孩子都武裝到了牙齒上，隨時應付被靈異騷擾控制的活人。

愈是強大的冤親債主，受到金丹洗禮的影響愈是深遠，這些強者幾乎都以最快速度撤離戰場，尋覓山高水深的巢穴隱蔽修行，企圖保住清醒境界，實現與善解真人的來世之約。也有些非人索性倒戈相助崁底村，善解真人的轉世弟子們就是這麼超級護短不講理，自家人被欺負先打一架再說，哪怕日後忘卻前塵又要相怨相害，此刻清醒的友愛疼惜竟也無比真實。

即便再度遺忘墮落，一度覺醒的妖鬼們後來都深陷崁底村之役的後遺症，和蘇家人糾纏不清，卻始終無法再下殺手，此是後話。

崁底村戰場徹底打掃乾淨後，虛弱昏迷的蘇家族長並未如眾人殷切期待地順利甦醒，竟連魂魄都陷入深深的沉眠，無論神明或都鬼主皆無能為力。

蘇晴艾成了藥石罔效的植物人。

Chapter 15 / 燃燈

黑暗中，永無止境地往下沉淪，深處有道若有似無的輕聲細語，莫名吸引著我。

無論是一剎那或一億年，對此刻的我皆已失去意義……哦，我沒忘記自己是誰，或者該這麼說，出生以來的大小事從沒有記得這麼清楚過。

在下姓蘇名晴艾，混吃等死的一代新人蘇家族長，其實我更想介紹自己是玫瑰公主的吐槽達人管家，可惜哪怕是還活著的最後幾年，我就只能追憶那個一起胡鬧一起飛的幼稚兒童，除此之外，蘇晴艾的任務是拚命學習，快快長大守護崁底村。

當這個位子非妳不可時，當個英雄守護大家感覺滿好的，我其實很享受忙得團團轉的日子。

明明早就知道，這輩子再也見不到許洛薇，我仍抱著虛無縹緲的期待直到最後一刻，或許這就是玫瑰公主經常掛在嘴邊的所謂「浪漫」，除了前世的弟子們，還有頭賊貓也等著和真人相見，最後一面是該留給那些久久不見的古老魂魄。

結局算是還不錯！我可沒遺漏在金光世界中錯身而過的白影，雖然沒有任何交談，該說是魂魄一體或是內在感應嗎？本能明白前世的那個「我」答應交棒了，然後在某個瞬間，我又掉進一團漆黑。

和過去不同的是，我再也不怕黑暗了，終於可以放下重擔休息，有點輕鬆有點爽。

這就是差點困住葉世蔓的阿賴耶識嗎？與其說無法逃脫，更像是不想逃脫，我也負責任地好好奮鬥過了，瓜熟蒂落，就這樣擺爛多好，阿賴耶識裡的因果和緣分呈現奇異的靜止，而我覺得這份寂靜非常舒服。

若說瀕死時看見的魔王夢境留言是幻象，現在我就是貨真價實切切進入這片黑洋深處，同時自然而然明白某個道理：無名氏魔王可以撈回葉世蔓的意識，但我的前世不見得做得到。原因在於兩方阿賴耶識規模差太多了，另外我的前世也不是糾纏難捨的類型，投胎轉世三十歲凡人版本掛了就掛了，貞人不會同情小艾的早逝，就像我也不在意某天提早睡覺沒熬夜，只是這種程度的感覺。

「我是妳的前世面，妳是我的來生相，妳我本無差別，只不過妳睡得深些，我睡得淺些罷了。」我在前世片斷畫面中曾聽過貞人說話，那道童稚聲音此時毫無預警在身邊迴盪。

「和自己聊得起來嗎？」我本來不覺得無聊，寂靜被破壞後開始有點不安。

「談不上聊，是妳還喜歡想東想西，習氣未斷，目前這個我也是妳的幻想之一。」前世的我這樣說。

「意思是，往上是夢，愈墜落愈清醒？」我試著在空中擺出盤腿動作，卻搞不清自己手腳在哪，眞是一團黑啊！黑到連我都不確定自己是什麼形狀了。

「並非墜落，妳忘記了，是『往下飛』喔！我們的本能如此，但還有另一種本能。」

「啥？」

「往上飛。」

很好，簡單粗暴的說明。

我忽然發現到一件事，重點不是「飛」，而是「往」，這表示我潛意識希望自己擁有主動權，渴望改變現況？

「我，一直懷有遺憾。」有點搞不清楚現在是哪一個我說出這句話，指的是前世或今生的心情，或許就像那個人說的，沒有差別。

愈向深處潛，愈能感覺我和那名白髮小童之前還有更多前世紀錄，還是特別龐大的存在感，眞應了無名氏魔王的質問，眞人不是我的起點，蘇晴艾必定也不是終點，唉唷眞麻煩！

「妳希望沉底嗎？」小眞人又問。

「不能這麼說，以爲只能這樣當然就順其自然了。」我說。

「那要不要試試？」

「試什麼？」

「翱翔。」

一股朦朧熟悉感通透全身，某巨物怒而飛，其翼若垂天之雲，在濃重闃黑的無明窨海中劃出鮮明金光流跡，神明什麼的，都是渣渣。

□

我渾身赤裸縮成一團浸在熱水中，閉著眼睛，貼著另一具溫暖堅實的肉體，渾身無力，大腦近乎停止運作，只是存在並等待著的感覺，就像窩在母親子宮一樣……

不對，哪有胎兒是脖子以上露出水面的？這是什麼狀況？只能像蚯蚓般緩慢拓展對周遭的感覺，此刻我連動動指尖睜開眼睛都辦不到；意識漸漸恢復的我猛然發現一個驚悚事實——我被一個同樣沒穿衣服的男人抱在懷裡!?

男人一隻手則鬆鬆環著我的腰，這具漸漸通上電的身體正保持微微上仰的姿勢貼靠著凹凸不平的胸膛與腹肌，憑著過往柔道體感經驗，直覺估算出貼身挾持我的男人身高超過一百八，體格和主將學長差不多，慘了!完全沒勝算!我只能從屁股下的觸感猜測他下半身還包著一條浴巾。

我已經死了，難道是穿越？是魂穿還是身穿？穿書穿漫畫還是穿異世界？一來就是這麼刺激的場景？難道是十八禁題材？

無論如何，再度甦醒仍是令我欣喜若狂，美中不足的是身體像鼻涕一樣軟趴趴不聽使喚。

我微微睜眼，只見一片閃爍模糊的水光，視覺仍沒恢復，僅僅是細微的呼吸變化，那人就發現我醒了，橫在肚子上的手臂忽然箍緊，原本就沒剩多少縫隙的兩具身體頓時像三明治一樣緊緊相貼，此時恢復更多知覺的我忽然感覺到腳踝和身體被水中的長絲狀物輕撫，這麼長的頭髮，恐怕都垂到膝蓋了，同時，男人冷不防從後方將臉埋進我的肩窩，他半濕半乾的長髮因此散在我的肩膀和背上，我和他都是不太現代的長髮，難道是穿到古代？

男人沒說話，但從逐漸劇烈的呼吸能感覺出他很激動，我更加不敢刺激到這個隨時可能對我這樣那樣的男人，說不定已經是事後場景了，我得快點張開眼睛才能確認自己到底穿的是男人還女人？腦海中瞬間飄過一長串狗血穿越小說，希望不是吸毒嗑藥快被玩死的小倌妓女和抱著玩物殺時間的戀屍癖反派，這種設定我扛不住啊！敏君學姊特別喜歡寫邊緣題材，每次強制安利時都規定我一定要給心得感想。

能說啥呢？帶感歸帶感，現實裡我遇到的變態除了噁心還是噁心，一點都不浪漫。

思緒一團混亂，我咳了幾聲，好不容易能說話，先來句經典台詞準沒錯：「這裡……是哪裡？我是誰？」

聲帶和舌頭肯定是很久沒用了，沙啞又結巴，我險些聽不懂自己說的是中文，重開機過程也太漫長了！

「小艾，妳還記得多少？」男人輕聲問。

這人也叫小艾？還是小愛？就算同名同姓我也不意外，畢竟奪舍的劇情中原主和穿越者都有某種巧合雷同，不過男人聲音聽起來好耳熟，到底是像誰呢？

「我……咳咳咳……」喉嚨一陣癢，我忍不住咳嗽，身體卻連抬頭弓背的力氣也沒有，頭顱往下一垂直接卡住氣管，頓時窒息，男人飛快用另一隻手撐起我的下巴，我全身近乎癱瘓，只能被他像抱貓一樣攬著。

「蘇晴艾！妳記得我嗎？」男人小心翼翼說出這句話。

比起聲音容貌，我更熟悉的是那具碰撞無數次的肉體觸感，我這輩子除了老爸外第一個親密接觸的男人（絕大多數是練柔道時被摔被壓和苦苦掙扎），眞相轟然而至，那個莊重正經的男人不可能留長髮還脫光光抱著我，難道是平行世界？

「主將學長？」該死的眼花耳鳴還在鬧。

「本尊測試……我的身分證號碼、機車車牌和學號多少？」生前被惡鬼和幻覺攻擊到怕，我和親友之間約定的各種奇葩暗號保證讓冒牌貨抓狂。

男人不假思索說出一串字母數字，連本人都要花一分鐘回想的資料，只有當過派出所警察的個資魔人我家主將能反射作答。

「所以我沒穿越？那我們怎麼會沒穿衣服？」一著急就口齒不清，我說得很慢，語氣很嚴肅。

「妳昏迷了整整兩年，我在替妳洗澡。」主將學長的聲音聽起來坦蕩蕩，但不能掩蓋他只包著一條浴巾的恐怖事實。

「有必要這麼洗嗎？」我不是故意吐槽，是眞心想確認。

「這樣比較安全，妳舒服我也好操作，一起順便洗完省事。」言下之意是不必那麼矯情。

根本還處於半死狀態的我沒有害羞的餘裕，只怕自己再活也沒幾天或者終身殘疾，此刻滿懷感受的反而是主將學長就在身邊以及我仍是蘇晴艾的安心。萬幸我已經被洗完了還在泡澡，至少主將學長不是正要開始洗，與其向命運之神道謝，我更想對上空比中指。

「我知道妳有很多話想說，先幫妳穿衣服吹頭髮好嗎？」

我對主將學長的提議自然是一萬個願意，但他準備抱我起來時卻被我小聲阻止。

「你的浴巾會不會不小心掉下來？」別問我爲啥重生後最在意這個，畢竟我現在能感覺的全部世界只有熱水、主將學長和他的浴巾，這是蘇晴艾復活的重大日子，我不希望主將學長的光輝形象出現污點。

「不會，我的浴巾有鬆緊帶。」主將學長的回答照舊很務實。

我露出放棄的微笑，主將學長嘩啦一聲由水中站起，抱著我走出浴室，一下子從蒸氣瀰漫轉換到乾爽的室內，房間裡感覺不出四季，恐怕已經是精心設計過的保溫箱，把我和照顧者籠罩其中。

主將學長把渾身滴水的我放在大毛巾上包起來，然後我被換上浴衣的他繼續抱在懷裡擦身擦頭髮、吹乾，很熟悉的流程，我都是這樣幫小花洗澡吹毛。

他的動作極度溫柔，熟練得不可思議，我不敢想像他到底花了多久時間適應，我的身體似乎也很習慣這樣的對待，我以爲和主將學長赤裸接觸會很不自在，然而除了理智還處於熔斷狀態，居然沒有任何牴觸反應。

後來我才知道，這兩年他就像養嬰兒般照顧著毫無意識的我，即便偶有換人接手，也限於較輕度的看護行動，拉撒清洗這些主將學長一律不假手他人。

再怎麼符合人體工學的設計畢竟是死物，時間一長都會對植物人接觸部位造成壓力，不如活人肉墊可以隨時調整。主將學長不分日夜地抱著我，帶我伸展手腳，替我按摩肌肉，密切關注我生命跡象有無變化，持續不斷地呼喚，同類的心跳體溫和肌膚觸感更能從潛意識帶來安全感，至少我能感覺出這具身體雖然骨瘦如柴又虛弱，狀態還是比眞正躺床兩年的植物人好上太多，這件事讓我感到鼻酸。

我被穿好浴衣躺在沙發上，枕著他的大腿，主將學長打開電視讓我聽新聞，吹頭髮的過程中，我確定自己本來就及腰的頭髮已經留到不可理喻的長度，爲何？

吹風機的聲音讓我重新產生活著的實感，主將學長表現出驚人的自制，其實他才是那個更擔心蘇晴艾醒來後可能不再是本尊的人，此刻主將學長是什麼表情呢？依然無法面對面讓我相當焦慮。

「學……學長……」

「什麼事？」

我並未在戲劇性醒來後覺得特別飢渴，由此可見主將學長在營養控制的細節上將我照顧得多麼到位。

「不告訴別人我醒了嗎？」吹好頭髮後我的眼睛總算聚焦，卻因趴著動彈不得，目光只能往旁邊掃射，我所在的房間相當寬敞，看來打通了一整層樓，不見窗戶，四周極爲安靜，搞不好是地下醫院裡特別爲我和主將學長改造的療養空間，書櫃、廚房、健身器材都擺在一眼能看見的位置，甚至還有個槍靶。

「明天早上再說，通知那些人以後不知下次又要多久才能獨處。」

那個大公無私的主將學長呢？理論上應該要馬上找專業的蘇醫師來一輪健康檢查才是，再說主將學長的語氣淡定得實在有點異常。

「學長，讓我看看你的臉。」我得確認他現在的表情，萬一人已經瘋掉……太可怕了不敢想下去。

別說我異想天開，前世那個老大紀錄可不怎麼好，而主將學長太穩重太堅強了，本身就是某種極端，他要是不想當正常人了，肯定比所有人都要恐怖，此刻的我宛若躺在岩漿庫上。

他嘆了口氣將我翻身，如願看到主將學長的正面，他正一臉平和地將我的雪白長髮編成鬆鬆的辮子。

他和兩年前一模一樣，甚至有因髮型改變和地下封閉生活變得更年輕的錯覺。

不知是否一天數次陪我洗香香的緣故，外加兩年不見天日，如今主將學長皮膚非常白皙滑膩，認識這麼久，今天才知道原來主將學長不是黑肉底的膚色，歸功於過往他的生活習慣太陽光了，動不動曬出一身小麥色，竟沒有留白的空檔，此刻那頭漆黑長髮襯著輪廓分明的五官，比過去更加深沉的眼神，低頭凝視我時，黑髮跟著垂落，我彷彿仰望著一團重力超強的黑洞。

還好氣質沒變，還是我熟悉的主將學長。要是他的前世人格甦醒，不管有多少苦衷，我都當丁鎭邦已經死了，而我只要主將學長，因爲他是最好的，不會有任何比較，我會直接讓另一個他出局，那個「老大」有本事就找「眞人」當面聊，不干我蘇晴艾的事！

我想，主將學長那麼驕傲，一定死也會憋住，不讓前世人格有機可乘。總之像葉世蔓那樣因爲自覺弱小無力乾脆放棄做自己的意外事故一次就夠多了！凡人又怎樣！他們對我來說都是珍貴的存在，完全不輸那些了不起的眞人弟子。

「學長爲什麼要留長頭髮？」主將學長從小到大都是那種短到不會遮住耳朵的髮型，有童年玩伴刑玉陽爲證，而且除了長髮，他的外表還是打理得很乾淨，絲毫不見頹廢放縱的痕跡。

「如果我不能表現穩定，蘇靜池不會讓我主持等妳甦醒的計畫，但我要是太穩定，他又企圖丟一堆額外工作給我。我只想陪妳一起等。」所以主將學長留髮明志，在蘇晴艾醒來前，他也不算眞正活著。

「長頭髮的學長有點陌生。」

「頭髮好處理，我打算妳一醒就剪掉。小艾妳的超能力對身心侵蝕性太強，我擔心妳醒來時伴隨記憶障礙，至少我盡量讓自己保持在妳最熟悉的樣子，妳本來就有臉盲的毛病，還不如期待肌肉記憶。」

等等，主將學長剛剛是不是拐彎說我的大腦不如肌肉，而且現在連肌肉也沒了，有點過分了哦！先記在帳上生利息！

「我知道，學長不是時間太多才健身。」我腦袋下的大腿肌肉群充滿無窮盡的力量，是主將學長依然保持戰力與自律的證據。

「我好不容易醒來了，你怎麼沒有驚喜的反應？」就是這份泰然讓我懷疑主將學長難過至極終於崩潰了，或者一切只是我的夢，夢裡主將學長被潛意識修正成我喜歡的溫和態度而已。

我也不想這麼掃興，但這幾乎是阿克夏記錄閱覽者的職業病了。

「我很高興，眞的。但我本來就相信妳會醒，蘇家說眞人親口承諾會放妳回來收爛攤子；此外，我早就決定就算妳沒醒，我也要待在妳身邊到最後，而我不認爲這是需要難過的事。當然，妳能甦醒最好，沒醒也不算糟，只有魂魄能溝通也行，都鬼主說妳的魂魄和肉身同步休眠，比植物人和死人都睡得還沉。」主將學長如此計算得失。

字面上聽起來還好，主將學長卻是在現實中度日如年，他用行動刻劃的思念比任何甜言蜜語都讓我高興且惶恐。

「我還想看那個刺青。」

連用自己的手去抓住他的手都辦不到的我，只能勉強動動脖子企圖用臉碰觸男人掌心，主將學長緩緩以掌心撫過我的五官，將刺青擺在適當的位置，我如願看到親手刺上的艾葉圖騰仍好好待在男人手腕上，但他的指尖正在玩我的耳朵啊啊啊！

「學長，我不是小花捏。」我冒著冷汗說。

「抱歉，我常常覺得妳就像剛結紮完還在麻醉狀態的小花，只是比較大隻。」

主將學長明明沒養貓，爲啥玩貓耳朵的技術不遜於我？

我後悔當初把小花結紮時的觀察紀錄拍給這位金主了，主將學長有種奇怪的聯想力，不知是否因此他才這麼擅長抓人把柄？

「我渴了，想喝奶茶。」我趕緊轉移話題，順便請主將學長將我調整爲比較正經的姿勢，結果他將我擺成歪著頭側躺好用吸管輕鬆喝奶茶，對，就是佛陀涅槃的樣子，已經沒有人能阻止主將學長了，我懷疑他正故意報復我裝死兩年。

只能先打聽事情爲何演變到今天這步田地的來龍去脈，這瘋狂的生活方式，他的工作和家人怎麼辦？長輩們都不管嗎？

「我醒來時妳已經是植物人了，」主將學長淡淡說出的那句話讓我心臟猛然一縮。「鬼神和醫學專家都束手無策。既然妳的生死問題深繫輪迴因果之謎，有些眉角不能靠理性常識分析，最後他們用前世弟子排名來決定誰有資格優先接管妳的事，他們說我是老大，如果我放棄，第二順位就是葉世蔓。」

「他們把前世的事告訴你了？」若非手腳不聽使喚，我肯定要跳起來撞破天花板。

「我沒前世記憶，就當奇聞軼事聽聽，以前也聽許洛薇說過妳跟葉世蔓的前世關係，算是有心理準備，反正管區裡每個月都會遇到耶穌或觀音濟公轉世投胎之類的例子，妳堂伯他們也是病急亂投醫。」主將學長於是拿出陪民眾閒聊的警察專業技能淡定傾聽超自然話題。

「小艾忍了那麼久不說，是怕我像葉世蔓那樣覺醒嗎？」主將學長問，他看起來對大苦因緣的新舊故事已有通盤了解，正在確認我的態度。

「只是覺得沒必要，而我也眞的完全不記得，王爺、小潮與世蔓覺醒期間從來沒人告訴我『老大』的事，我過去現在都對那傢伙一無所知，更不用說和你分享。」

「起初大家都以爲妳的昏迷只是一時，沒想到連魂魄都停止活動，既然除夕夜那天妳的前世都回來了我卻沒覺醒，告訴我一點來龍去脈也沒差，說不定可以當催化劑讓我的魂魄來影響妳。再說這兩年我也得代表妳處理找上蘇家的冤親債主，有個身分定位和前世概念，做事比較方便。」主將學長解釋道。

主將學長沒提得知我前世是他師父的感想，正如我也不好奇前世自己和第一個徒弟的點點滴滴，首先這命題很尷尬，再者是聊不起來，想八卦也得有材料，而主將學長的前世黑歷史顯然比我的還黑，難怪他跟我一樣都想裝沒事混過去。

看！學長與學妹之間感人肺腑的默契！連老天爺都會爲此感動哭泣。

「不管三七二十一先搶主導權再說？」我盯著主將學長，他倒不扭捏直接點頭。

「我提議貼身照顧妳。」主將學長認爲只要我的心燈再度點亮，人就能醒來，而他的心燈是所有人裡面最亮的，盡量靠近說不定能借個火給我，神奇的是眾人竟覺得他的話很有道理。

三昧眞火還能借？事後我請教術士祖先，蘇亭山斜眼看我一秒反問：「前世的妳賞了每個弟子一人一盞燈不是嗎？那火焰怎麼來就怎麼回去，難道有錯？」我被堵得無話可說。

術士碎碎唸一句「明明不記得了，操作還那麼犀利」，我完全認同。

「所以我的心燈亮了嗎？」我屏氣凝神等待答案。

「等阿刑來了妳再問他吧！我看不見那種東西。」他說。

那一夜我們聊了很多，關於蘇家在崁底村大戰後的復甦與改變，每個人的後續發展等，我熟識的人們大都堅守在舊崗位上繼續提升等級，隨時面對大苦因緣的挑戰。

「學長，可以申請這陣子讓戴姊姊幫我洗澡嗎？這兩年你辛苦了，不讓你休假說不過去。」主將學長在聽見我的下半句話後眼神變冷了，我最後一個字無限趨近消音。

「妳確定她能抱著妳來來去去？她要不把妳翻來翻去磕出瘀青外加嗆水，也是得進浴缸抱著妳洗。妳有骨質疏鬆，雖然不到嚴重程度，萬一摔倒受傷處理起來還是很麻煩，爲了妳好，她應該會勸妳照舊。」主將學長直白分析。

「那問問筱眉學姊……我可以出錢委託，念在過往情誼她應該不會拒絕吧？」

「她和張拓第二個孩子剛出生，正是最忙的時候，妳是一對兄妹的乾媽了。」主將學長再度殺球。

「也是，不能太麻煩人家。」我頓感歲月不饒人，兩年就這樣睡過去了，不知不覺又老了兩歲。

並非不想請職業看護，而是我的情況只能讓極少數信得過的熟人近身，熟識的學姊也僅有兩個可找，刪掉敏君學姊是她天生刺客體質，眞的不是能照顧人的類型，其實讓戴姊姊幫我擦澡尷尬問題就能解決，想到主將學長這段時間如何熬過來，這點福利不給就不是人了。

過了一會兒，我又忍不住說：「可是學長，你的工作還有父母怎麼辦？」

「父母有自己的生活，他們想見我可以來崁底村，至於刑警工作，哪天我想復職再說。」

主將學長說得好像他只是來我老家打工換宿。

總覺得主將學長故意歪題了。「你爸媽會擔心吧？」

「但我要照顧現任女朋友，未來的老婆。」主將學長一副我無理取鬧的口氣。

一意孤行的主將學長一開始不是沒被蘇家和自家父母各種質疑刁難，畢竟他來蘇家不只是當我的看護這麼簡單，某種意義上相當於我的代理人，即便有「老大」的前世資格，不代表他就被通曉內情的高層認可，而基層則根本不會明白主將學長在大苦因緣中的關鍵性，僅把他當成我的刑警男友而已。

權力金錢都可以是丁鎮邦空降蘇家上層惹人嫌的理由，但通透的主將學長認爲大家只是不爽他變成蘇晴艾正式男友，而父母多少有齊大非偶的疑慮。主將學長乾脆發話，他嫌累覺得煩自然就會走人，但是——只要他還想把我綁在身上，他們就得讓他繼續這麼做，有異議就決鬥——然後就沒人敢出聲了。

坦白說，倘若大苦因緣轉世者對師父轉世充滿不理性的依賴執著，那麼他們受大師兄的轉世影響程度也就比所謂的師父差一些而已，相較於我，大家都更怕主將學長，我將在日後人生中不斷見證這一點。

「我爸媽覺得這樣做是應該的，他們還來看過妳。」主將學長摸摸臉頰若有所思。

「什麼？」據說主將學長的父母對我的印象更多還是兒子的小學妹，同樣喜歡練柔道，一直留在兒子建立的社團裡幫忙，丁家夫婦理智上知道我是蘇家族長，但多年不近女色的兒子爲我打廣告洗腦效果太好。

「我媽看我替妳換洋裝還抱妳出來接客，直接甩我巴掌罵我不尊重妳；我爸則是說沒顧個十年別誇口眞愛，想當初他還是當三年兵！年輕人就是欠操。」主將學長幽幽道，那巴掌一定很大力。

我乾笑兩聲，好像知道主教學長性別平等的武士風範怎麼養出來了。

「好在我說妳是我前世註定的戀人後，我媽就同意我們在一起了。我爸曾經傷透她的心，又因爲這樣那樣的原因補償了，她是嫌煩，但這輩子甩了我爸七次都甩不掉，肯定是上輩子滅他十族欠的，她一直求神拜佛想消業障，說起來我差點就姓張不姓丁呢！」主將學長你把父母的事說得好像不相干的民眾案例這樣可以嗎？

「……喔。」張阿姨，皇帝才有資格滅人十族唷！等等，主將學長是不是將我和他的前世資料做了某種黑心加工變成不實廣告？

說起來我會回到蘇家也有主將學長母親的功勞，就是她推薦我一定得去王爺廟收驚，否則即便回到蘇家調查父母臥軌眞相，我不見得一開始就會去王爺廟和關鍵角色溫千歲順利重逢。溫千歲傲嬌成那樣，口風又緊，沒我和許洛薇主動破冰還不知要拖多久才能拉近關係。

「妳還記得兩年前說過的話嗎？」主將學長冷不防來了個隨堂考。

那段被壓在床上依舊火燙燙的告別回憶，頓時讓我有痴呆化的衝動，坦白說還眞沒想過負責任的問題，畢竟當時我深信自己必死無疑。

「當然沒忘，我們正式交往了。」我本來想正氣凜然說出口，舌頭卻不聽使喚打結，臉頰也有冒煙趨勢。

主將學長很滿意，輕輕在我眼角吻了一下，我本來以爲又會被親得喘不過氣，只能說這個男人果然很難預測。

「慶祝妳終於睜開眼睛。」他說。

其實主將學長的吻眞的滿値錢的，我抱著不收白不收的心態摸了摸被親過的地方，默默幫差點爆炸的脆弱心臟點根蠟燭。

「學長，我不會因爲你沒有貼身看護就不喜歡你，何必這樣堅持呢？」不如說這樣還比較不尷尬，留些幻想空間，鏡頭沒拍的部分正常點帶過才是蘇晴艾的幸福啊！

「妳不知道大家多怕妳的身體被髒東西附身奪舍，我也算某種殺蟲劑吧。」主將學長就這樣陪植物人女友幽居兩年，除非有不得不由他出馬的蘇家任務才偶爾離開。

「呃，謝謝。」由此可知，我的前世瀟脫到根本不想幫身體上鎖或加點防盜功能，我除了個該死的ＡＲＲ超能力竟然硬生生沒覺醒其他異能，眞是虧死了！

「如果不是我，也會有另一個人成爲妳『身邊最特別的存在』，我只是在認識許洛薇以後更清楚要怎麼做才能達成目的而已，半調子的投入是不夠的，許洛薇先手就把妳拉去同居，至少得有這種覺悟才行。」

主將學長認爲他要是繼續表現得太有常識，繼續乖乖上班當個現充刑警，有空才來關懷植物人小艾，我就會被其他罔顧倫常兼莫名其妙的競爭者叼走，比如說葉世蔓或者其他目前還沒浮上檯面的前世弟子，他們不見得想跟我談戀愛，卻都想獨佔我一輩子。

主將學長說葉世蔓一直沒對我死心，感覺毛毛的，我實在不希望無名氏魔王那種「絕望依戀」的變態美學感染到他，不過主將學長認爲葉世蔓只是在享受某種「乘興而來，盡興而歸」的垂釣樂趣，不見得非要抓魚上來吃，俗稱肚子不餓殺時間，深層一點說，腦袋放空看著那條魚游來游去還比較開心。

「學長，我一萬零一次澄清，本人眞的不是蕾絲邊。」許洛薇說我無性戀，我是半信半疑啦！人家還滿喜歡看言情小說，不覺得自己有清心寡慾到那麼徹底。

「是嗎？連葉世蔓都懷疑妳只是沒有自覺而已。」主將學長爆了個料。

「假設我其實喜歡女人，學長你要放棄嗎？」我忍不住想捉弄他。

「不會，但我尊重妳的感受，不會勉強妳接受討厭的行爲。」

「我知道，不愧是學長。」我本能反射拍馬屁。

「避免妳又胡亂崇拜我，小艾，醜話先說在前頭，我只是認爲妳會馬上甩掉合不來的對象，理由反正是那些當不成情人還能當兄妹朋友的陳腔濫調，而我不喜歡出必敗的招式。」主將學長微笑。

我默默擦掉冷汗，主將學長眞是太了解我了。

「我聽了很多故事，總結出一個重點，前世的我很崇拜前世的妳，柔道也是妳先教給我，以至於這輩子妳面對我的表現有點像某種調侃，大家都說妳的前世很惡趣味。小艾，我可以認爲是妳欠我的，沒錯吧？」

我不知道主將學長還會嘟嘴，眞是太可愛了。

蘇晴艾的伴侶不用毀天滅地掌握乾坤，但一定要能陪我過小氣又隨便的日子，我不求他完美無瑕，那樣我也超累好嗎？可是，我的枕邊人不能是一碗飯裡的蟑螂大便，我也絕不容許自己的喜歡和信任變成一碗蟑螂大便裡的幾粒白飯，到頭來不堪回首。

拒絕因爲捨不得和不甘心放任一段感情走到必須互相忍讓甚至彼此仇恨的程度，甚至時機不對也毋須開始，維護精神衛生還是很重要滴。希望自己一直是那個能被他喜歡上的蘇晴艾，所以我的男人當然不能幹出害我黑化的垃圾行爲，就這麼簡單。

大概是睡了兩年，加上對昏迷的恐懼繼續強撐，我精神好到和主將學長聊到天亮才倦極掉回黑甜鄉。眼皮掉下的前一瞬，窩在主將學長懷裡的我忽然發現一件事——就算凡人不知道我醒了，但我的親友中非人類才佔大宗，那些神鬼高人怎麼可能沒發現我醒了，然而和主將學長推心置腹的一夜居然沒被任何外力打斷，果然是大師兄號令，師弟師妹們莫敢不從？

□

訪客絡繹不絕的第二天，我迅速被打回發低燒病懨懨的原形，整天在睡睡醒醒中度過，溫順地接受各項健康檢查和親友問候，大部分人為了不造成我的負擔都匆匆結束探訪，還有不少是在我睡著時到來，房間堆滿慰問禮物和卡片，我昏迷的兩年間，蘇晴艾這個名字似乎被加油添醋了不少傳說八卦。

刑玉陽在第二天晚上趕回來了，主將學長則去接待父母，丁爸爸和張阿姨獲訊也來崁底村探望我，幸好他們為了不給我造成壓力還在我睡著時過來，雖說醜媳婦總要見公婆，但我現在真的還沒做好心理準備，總之換成刑玉陽陪我過夜，又是久違的安全監控。

義結金蘭的好大哥刑玉陽闊別兩年後最大的改變是剪短髮了，還是模特兒身材，我看著有點過瘦，但他身上都是精悍肌肉，徹底定位成敏捷特化型，五官俊美依舊，然而即便和主將學長站在一起，也很難覺得刑玉陽比較陰柔，大概是殺氣多了三倍的緣故。

「哥～有沒有交女朋友？男朋友也行，你都三十五了。」我和主將學長都變成一對了，只剩他還形單影隻，令人擔心，算算我和刑玉陽也認識十年了，眞是恍若一夢。

刑玉陽額角浮起熟悉的青筋。「念在妳大病初癒，我先記在帳上，妹、妹。」記恨的某人是眞的會討回來，外加利息半分不漏，我瞬間後悔自己的嘴賤。

「人家關心你也這麼兇。」我不禁想到戴姊姊對刑玉陽的評語，不溫柔點會把喜歡的女孩子嚇跑，難道刑玉陽這輩子只能跟抖M在一起了嗎？打住打住，又被許洛薇的下流附身了！

刑玉陽哼了一聲，逕自泡起咖啡，洗練手法依舊賞心悅目，我除了剛醒時主將學長泡的那杯奶茶，接下來好一段時間都被禁止飲用刺激飲料和垃圾食物，只能聞香空想念。

「和我說說這兩年發生過啥有趣的事吧！」刑玉陽出現後我又精神百倍了。

他不答，啜了一口咖啡，抬眼看我時雙眸已變化爲雪白透明，此刻的刑玉陽想必已經適應被山神解封的白眼並且運用自如了，高人的養成如此不易，我由衷感嘆。

「喔，對了，順便替我看看心燈和魂魄怎樣了。」看到白眼我才想起這茬，刑玉陽如果眞的很閒就不會第二天晚上才出現，但能讓他放下替天行道的正事、八百里加急趕回來的少數理由裡，就有蘇晴艾這個人。

當然不只是想念而已，整個蘇家都等著他的白眼來確認醫學和陰陽眼檢查不出的魂魄本質，好確定我真正的情況。

「有長大一點。」刑玉陽一臉驚訝，令我有點不爽，兩年前我的魂魄還是永遠的十二歲，如今肉體都三十二歲了，這差距再不能縮小我要翻桌了。

「大多少？」其實我也很好奇刑玉陽的魂魄有無長進，上次看見他魂魄時，印象中也不過十七，可能還處於排斥異性的青春期，初戀船過水無痕之後這些年沒聽說有緋聞，搞不好持續原地踏步，那我不就有彎道超車的希望嗎？嘿嘿！

「可以嫁人。」他哼了一聲，情緒不是很高。

嗚哇，肯定是不只長大一點，看來我去阿賴耶識泡一回也不是毫無收穫。

「那心燈呢？」甦醒後有種奇妙的感覺，像是回到未被嚴重傷害的過去，差別只是身邊的人不同，但都是值得信賴的親友，我不再空蕩蕩地隨波逐流。

「燈點著了。」

不會吧！主將學長過火給我還真的有效？心燈復燃這部分刑玉陽倒不意外，所以他是比較沒信心我精神能成熟嗎？

「亮度呢？」

「比鎮邦還亮。」刑玉陽面無表情。

「這麼不節能會不會害我早死？」我第一反應是煩惱這個。

發言太廢顯然不能活躍氣氛，畢竟刑玉陽是正經人。我清咳一聲繼續確認：「那比主將學長亮多少？」不能怪我膚淺，能有一個地方贏過主將學長是很爽的事。

「看他的心燈眼睛不會不舒服。」言下之意是看我的會。

我一愣，反應過來後趕緊關心白眼的健康。「那你的眼睛還好嗎？」

「像太陽表面的沸騰火焰。」刑玉陽驀然道。

「欸？」聽起來功力高深的樣子。「小潮不是說我的前世徹底散功了嗎？」

「都多久前的記錄了，妳中間不知輪迴幾次。」刑玉陽不屑地說。

「傳說中金丹的眞面目，兩年來還是第一次看見，藏著這種東西的妳果然是……」

「果然是怪物嗎？」我雙手揪著白髮苦笑自嘲。

就算削減趨近於無，還是能從灰燼中再生，彷彿要吞噬世界的火焰，充斥著整個境界，又融於一切黑暗，那是我在阿賴耶識中感受過的龐大威勢，蘇晴艾則是由此而生的一個小小產物。

「我想說不同凡響的笨蛋。」刑玉陽沒好氣說。

「會不會有後遺症？」我緊張問。

「才醒兩天妳問這個有意義嗎？」實驗數據嚴重不足，刑玉陽潑我一桶冷水。

我想起刑玉陽以前提過以他的實務經驗，心燈亮的人都很強，不見得很健康，但就算死了也不弱，至少不會隨便被惡鬼欺負，葉伯就是個生前死後都很能打的典型例子，我聽了關於自家心燈的亮度還是相當安慰。

據熟人說陰陽眼和鬼魂看我就是盞普通的心燈，就跟肉眼看我是那副普通模樣，沒有忽然變成天仙美女同樣道理，但修爲更高的人神就算發現我的心燈不太對勁也看不見我眞實的魂魄狀態，君不見那盞金丹化身的蓮花燈在被解放前不但穩如死物還會倒吸精氣，論隱藏性就是這麼給力。

「這樣不就沒驅鬼效果了嗎？爲啥不能像主將學長那種不管什麼品種都閃瞎對方？」

「妳的魂魄是規格外異物，自己心底沒點主意嗎？」

「有是有，但你不能剝奪我逃避現實的志氣。」我挺胸說完收到刑玉陽大拇指往下的手勢，顯然白眼已經不足以充分表達他的心情。

刑玉陽說陰陽眼也只是另一種偏見，眾生都有自己的執念，神和鬼也不例外，你怎麼知道一尊大神八百輩子前不是一條蟲呢？身上纏繞的無明煩惱愈多，就像自戴眼罩，注視我的心燈時自然覺得暗。

如此說來，刑玉陽也算從喪母和白眼的煩惱中走出，才能看見不一樣的光景，他的白眼眞的好奇妙，更奇妙的是這顆把白眼操控自如的腦袋，令人生畏！

我緊張地握住刑玉陽的手：「哥你這樣說我眞的好怕，不要出家，人生還是很美好的，你加油點我還可以多認一個乾女兒。」

他冷笑抓住我的大拇指一扳，我立刻變色鬆手。

「好啦好啦太神祕的事我不懂，我的心燈如果無害就這樣讓它亮著囉！」我摸摸胸口，除了平坦的悲傷外並沒有藏了顆太陽的超凡偉大感，只好攤手乾乾地說。

心燈比主將學長亮，還不如胸比主將學長大，我這個從來不爲容貌體態自卑的粗人，第一次產生虧欠喜歡對象的不安，只能給他吃這麼寒酸的東西是我不好，多養養說不定有救，大人的遊戲還是等我練點成果出來再說！

「妳又在想什麼沒營養的事？」刑玉陽瞪我。

「既然都知道沒營養了還問？」我覺得刑玉陽也夠無聊了。

他沒接話，只是伸手在背包裡摸索，我則期盼他會送我一份大禮，豈料他掏出一個明明口袋就塞得下的小盒子，不對，凡事不能只看外表，盒子也挺精緻，說不定是飾品類辟邪聖品，高僧聖人開光過的佛珠水晶之類，我滿懷期待地接過拆開。

——計步器，上面還印著某某股東大會贈品的字樣。

「我忽然不是很想知道這個禮物的意義。」我的眼神已經死了。

「千里之行，始於足下。」刑玉陽表示他很忙，不能時時刻刻檢查進度，所以他會要崁底村所有人盯著我在能走路後按時運動不許偷懶。

當刑高人說千里之行，那就是真的要你走完一千公里的意思，鬼畜修道者不是喊假的。

Chapter 16 / 新生活運動

一週後總算能出院回家了，我忍不住歡呼，準備偷吃各種零食。

「我的機車呢？」當上族長後我換了台新機車，既然主將學長來崁底村都是騎我的車，我很自然這樣問。購車日到現在也有年頭了，雖然是老車，應該還不至於不能騎。

「壞了，朋友送了新坐騎。」主將學長駕駛蘇家公發的代步轎車帶我回老家。

「怎麼操壞的？」不意外但我還是有點心疼，主將學長是惜物的人，應該有原因吧？

「去救一個被附身的目標時，整台衝進海裡。」

「……」難怪主將學長不想接堂伯的任務，看來堂伯對女生還是偏心很多。

我和主將學長住院期間，老家有戴姊姊幫忙照顧，加上葉世蔓也會不定期回去住，我並不擔心離開這麼長的時間後舊居變得荒蕪，加上主將學長說過不少村人自願到我家當義工整理庭院，下車後一看果然四時蔬果井井有條，不愧是老農技術，比起我自耕自食那時菜色不知豪華多少。

後院響起一聲動物嘶叫，我完全傻眼了。快步繞到後院，一間不大但看起來很專業的木造馬廄頓時閃瞎我的狗眼，從窗口探出一顆黝黑馬頭，大眼睛直直看著我。即便不是平民了，對在台灣長大的蘇小艾，馬仍是種比鬼怪更奇幻的生物，畢竟生活中用不到嘛！水牛我倒是騎過。

「學、學長，你的新坐騎這麼帥還吃草啊？」我有點結巴。

「我知道的時候已經通過海關檢疫直接運到岽底村，退回去更麻煩只好收下了，聽說是血統純正的阿拉伯馬。」主將學長嘆氣。

主將學長認識會送馬的朋友？「誰送的？」

「你堂伯參加的那個倫敦祕密結社，既然他們是超能力專家，我就叫他們派人來治療妳。」

不像我和堂伯對祕密結社多有顧忌，主將學長畢竟相信科學醫療的必要性，加上岽底村已經豁出去公開搞靈異戰鬥了，主將學長於是將蘇靜池的祕密結社當成資源來用，對方也眞的充分配合，一來二去的結果，主將學長又交到不少神祕的新朋友。

當我聽到那個祕密結社已經有一半以上成員都來岽底村度假過，有點崩潰，說好的ＡＲＲ超能力者必須低調呢？

「學會和岽底村變成姊妹社團了？」曾經我非常害怕那間「維多利亞時期歷史研究學會」將我和刑玉陽偷偷綁去解剖研究，連許洛薇父母都作證那學會的人不擇手段。然而當時生活太多靈異危險要面對，加上後來也算是有權有錢受保護狀態，從來都沒興趣和那學會發展關係，沒想到卻是在主將學長手上出現爆炸性變化。

「反正地下醫院也是學會捐的，那裡應該也有妳的弟子轉世吧？如果有，當然要抓來一起幫忙，就算對妳的甦醒沒幫助，起碼也能擋擋來找碴的冤親債主。」主將學長還把每個來崁底村的學會成員都帶去給小潮鑑定。

說到底，老大的柔道社團和老三的祕密結社業力使然都可能吸附有緣者的轉世，可惜和我的蘇家比起來小巫見大巫，只能算外圍團體。

「那間學會正面臨領袖改選時期，蘇靜池對祕密結社裡的明爭暗鬥沒興趣，但那幾名派系頭頭想上位卻不能沒有他，一開始是這種利害關係，不過他們來崁底村之後就上癮了，變成互相推託讓別人去當會長，現在還在吵。」主將學長表示之後我又得認識幾個被他撈回來的前世弟子。

踏進大門後我下意識走進辦公室，趴在大辦公桌上等待批閱文件，猛然回神族長工作早就由核心圈親友替我分攤了，目前只能養病度假的我通體舒暢。

一回神，手裡冷不防被主將學長塞了一疊文件。「看看妳自己的財務報表。」

幸好崁底村之戰前我就把欠堂伯的債款和學貸償清了，只剩兩間酒莊的私產管理問題，後期我的重心全在備戰，酒莊那邊只能因循苟且，在那之後又過了兩年，我吞口水做好虧損的心理準備，一看文件內容，比後院有匹賽馬更讓我大驚失色。

「訂單都排到五年後，還擴大釀酒規模搞寄桶業務是怎麼回事？」

「小艾妳不能視事時，許家和很多長輩都忍不住出主意，有的直接贊助，有的幫忙打通世界通路。寄桶是黑山主建議的，把酒放到他的地盤熟成，另外媽祖娘娘想喝波本，要我們釀釀看。」我的酒莊被一群無聊的達人強迫升級了，葉世蔓偷偷研究多年又掛在我名下的妖怪酒系列還拿到國際烈酒盲飲比賽冠軍，除了感恩我還能說啥？

下一份文件繼續帶來震驚，這次不是驚喜，而是驚嚇。相較於酒莊收入如幻象兩千戰鬥機垂直加速，主將學長對老城堡的還款紀錄卻停在崁底村之戰前動也不動。

我的本意不是要主將學長的錢，只是希望老房子能留在值得信任的人手中，同時對主將學長的未來起一點助力，但主將學長不吃嗟來食的個性還是很認眞按月撥一部分收入償還屋款，奉公守法的刑警收入嘛，扣掉給父母和自己的生活費，欠款目前只還了大約三分之一。

「妳昏迷之後我就失業了。」主將學長站在背後按著我的椅背傾身說。

媽媽，總裁要被保鑣調戲了怎麼辦？我強自鎭定轉著鋼筆繼續問：「學長你這兩年幫蘇家做的事還有照顧我，付出的勞動價值早就超過一間別墅了，怎會沒收入？」

主將學長不答，我有不好的預感。

「堂伯該不會沒付你薪水還要你吃老本？」

「蘇靜池說我想要蘇家最大的寶貝，這點代價還太便宜了。」

主將學長這麼說的同時，我感到腰椎被一根手指按住，像是要數清有幾塊骨頭似節節往上滑，我冒出一身雞皮疙瘩。

「這是話術啊！學長！我會幫你討回該拿的！公道價八萬一，不能更少！」我硬是忽略那根存在感比電線桿還大的手指，痛心疾首道。

指腹滑到肩胛骨中間，旁邊的穴道忽然被用力按住了，我不禁呻吟一聲。

「我是用錢就能買得到的那種便宜的人嗎？」主將學長慢條斯理問。

「當然不是！」言下之意就是要蘇小艾肉償。

「小艾別擔心，那間房子的錢我會還清的，不過，我一直認爲，萬一有個不測，欠點錢說不定讓妳下輩子更能記得我。」他從背後慢慢環抱住我似笑非笑說。

「我哪有這麼小氣？」好啦，就是有。

以往堆滿文件和飲料點心的大辦公桌如今太空曠乾淨了，讓人毛毛的，把主將學長和禽獸相比是侮辱他，起碼也是史前巨獸等級，我完全相信他有辦法不解一顆釦子就玩到讓人求饒。

「學長我們來談談人生吧！」我被他鎖在懷裡小聲要求。

「想談哪方面？」他非常配合。

「你以前到過許家，錄影爲證說要求婚，隨時都可以和我生小孩，所以你是想要婚姻和孩子的，我也覺得學長適合平凡的幸福家庭，你還是獨子。」

「所以呢？」

「我們都這個年紀了，好不容易生死關頭走過一遭，可是我還是不想結婚生子，怎麼辦？」我說著說著眼淚不自覺流下來，雖說前世糾葛很深我又答應和他交往，但主將學長的時間不是我能浪費得起的，正如我也不想被社會習俗偏見耽誤自己的日子。

主將學長放開我，將椅子轉了一圈，單膝跪下來握著我的手，我與他面對面，他的表情依舊淡定。

「小艾，別哭，我下面要說的話不是藉口，妳仔細聽。」主將學長沒有急著親親摟摟安慰我，而是認眞地解釋。「我從以前就沒有非得結婚生子的念頭，而是看我的伴侶怎麼想再配合，在派出所工作時也沒打算做一輩子公務員，以後等阿刑的老師收我爲徒，我也可能跟他去國外開道館。」

「可是你明明對許洛薇的父母說……」我沒想過主將學長會在那種場合應付了事，他當時認眞的模樣害我一直很介意，畢竟他要求的可是以結婚生子爲前提的交往，不到生死存亡關頭我根本無法表態。我相信主將學長很願意讓步，但我並不想讓他犧牲這麼多，而我一樣無法捨棄自己的責任，冷血地說，我對他並沒有割捨一切的執著，這一點他甚至不如許洛薇。

我喜歡主將學長，這個男人也確實非常特別，但這份輕重依舊沒改變，我始終不敢給予無法達成的承諾。

「結婚那是一定要的，名正言順才能杜絕其他人覬覦妳，想和妳之間有孩子，當時我也是認真這麼想，畢竟那時候妳太孤單了，而我工作上又有殉職可能，萬一我不在了妳也能有人依靠，或者妳不在了，也有孩子能陪伴我。親戚朋友縱使再好，畢竟不是眞正的家人。」主將學長像普通男人般陳述他的夢想。

「所以學長現在是想結婚，但對小孩可有可無？」我再次確定他的態度。

「對一半，許洛薇的生命寶石戒指還在我這邊，就等妳一句話了。小艾，但除非妳非常想生，我完全不想要孩子，最好只有兩人生活。」主將學長專注地望著我。

「學長你不是哄我吧？我這輩子都不打算生小孩，本來就不嚮往當母親，再說不知道會是什麼來投胎，光想就頭痛。」王道發展都是解冤釋結後各投各胎各找各媽，一覺醒來和都鬼主見的第一面，她卻吐著煙圈告訴我，大苦因緣可是沒有解開哦！眞人還把這鬼玩意加固融合債務總攬，叫所有冤親債主統統衝著我來，不愧是眞人，眞是歡樂到讓人想揍死他的爛人！不就是丟一回爛攤子給前世，居然萬倍回報丟回來！

「我也是這麼想，打從妳當上蘇家族長後，管一族的人已經夠多了，何必自找麻煩？」現在就算我不在，主將學長也有很多與我有關的家族和勢力可以陪伴，夠他喝好幾壺了。

主將學長毫不客氣加碼眞心話：「生到不合的小孩還不如不生，以免將來作奸犯科忤逆我，挑個有天分又乖巧的學生好好栽培要有意思許多。」

太具說服力了。主將學長本來就是很自我的人，基本上可以說對家人朋友和工作、柔道相關以外的活人毫無興趣，只是主動示好的男女滔滔不絕，保持與人爲善的態度下無形之中吃得很開，人人平等主義導致受他青睞的對象往往更加努力上進好維持這份欣賞，中招的倒楣鬼中也包括了我。

「等一下，你無所謂不表示你家的人無所謂。」雖然我覺得以主將學長的城府，他沒打點妥當肯定不敢當我的面打包票。

「我媽不是雙重標準的人，她不會把吃過的苦塞給媳婦，我爸那邊包括親戚更沒必要擔心，他們的意見不具參考價値。另外我老早就跟蘇靜池說想入贅，以後父母帶來崁底村養老就好，這邊熟齡人士多，生活機能又好。」

原來路是張阿姨碾平的，眞是失敬失敬。

「何必到入贅這麼誇張？」我慌張起來。

「否則崁底村那些人老是疑神疑鬼認爲我要搶走妳，眞的有小孩，姓丁姓蘇姓張都好，可是，我不樂見我們之間的因果業債被孩子抵銷掉，教育後代太耗時耗力，既然不要小孩，入贅就更無所謂了。所以妳現在能結婚了嗎？」最後一句才是主將學長的重點。

「我再考慮……那個……都還沒開始享受戀愛過程……」我在胡說八道啥？

「我想也是，妳剛醒來，養好身子比較重要，我也還沒滿足這方面的樂趣。」

主將學長剛剛是不是以退爲進套路了我一把？暈頭轉向的我隨便抓了一個問題：「所以你爸媽答應搬到崁底村了？我是不是現在就準備開始爲他們物色土地蓋房子？記得丁叔叔是公務員，好像還沒到退休年紀？不過可以先過來度假習慣一下。」這裡不只熟齡人士多，冤親債主和妖怪也很多，外地普通人要住進來的考量可複雜了。

男人表情陰暗，看來運籌帷幄的主將學長也無法事事如意。「我爸說，除非蘇靜池找到第二春，否則他死也不搬過來，以後沒事別邀他們到崁底村。我媽倒是很喜歡這邊。」

「堂伯做了什麼？」我大驚失色。

「什麼都沒做。」

什麼都沒做就被張阿姨誇上太空，難怪丁叔叔要將他視爲危險人物。我乾笑兩聲。

「照學長的說法，你家是媽媽作主，以後還是能常常在村子裡碰面不是嗎？」我還是打算在這方面動動心思，早在我和他確定關係前，主將學長的父母就已經在我的保護圈裡，如今更沒有迴避的道理。

主將學長挑了下眉，真是個微妙的反應。「我爸大概會常勸她去許家玩，外加不讓妳有壓力，靠這樣混過去。」

「許家？姓許的朋友喔？」

「正是妳那姓許的朋友老家。」他又扔了個炸彈。

「兩年前的大決戰，你父母被送到許家避難，是從那次開始好起來嗎？」我想破頭也搞不懂平凡公務員和家庭主婦怎麼跟外星王族深入互動，難道主將學長的父母也有隱藏身分？居然沒被我們一干怪人怪神偵測出來!?

「我也搞不懂，據說他們很合得來，簡直就像妳跟許洛薇。我爸完全不會嫉妒許羽哲，反正就是很崇拜，我媽和淡音阿姨也變成手帕交，去那邊作客時連睡覺都要一起。」主將學長摸摸下巴。

這消息實在太勁爆了，我馬上打電話去找許阿姨確認，得到的答案是，他們本想打聽乾女兒男朋友從小到大點點滴滴，沒想到旋即被主將學長父母宛若集三十年言情小說老梗大成的跌宕情史吸引。在許阿姨眼中，張阿姨完全就是女主角珍稀樣本，人生要有多狗血就有多狗血，每回跌倒都要爬起來啪啪打臉男主的表現帥氣到不行，兩個女人頓時惺惺相惜情不自禁結拜，而高冷的許叔叔也覺得主將學長他爹「像傻弟弟一樣笨拙得可愛」，必須好好照顧引導……話說丁叔叔年紀還比許叔叔大個幾歲來著？

不可理喻的獵奇口味，果然是一家人！玫瑰公主和國王皇后。

許阿姨接力傳遞的另一顆炸彈是，許家已經認了葉世蔓當養子，就差我過去團圓了。葉世蔓從前就常被我派去酒莊幫忙，我昏迷時他也常安慰許家兩位強人並經常回報崁底村情況，對我的酒莊營運更是親力親爲，天天向許家討教。兩邊都不是容易相信依賴他人的類型，偏偏每次見面都能依依不捨，其中大概也有前世宿緣的影響。

許洛薇的夢想「找到眞正的好朋友」，冥冥之中似乎也在父母身上實現了，許家失去女兒之後的殘缺情感與葉世蔓的孤單習性正朝好的方向改變，這些好消息多少彌補了我和許洛薇沒有繼續在一起的遺憾，緣分眞是不可思議。

□

日曆有如衛生紙一張接一張撕，一個月後蘇晴艾的零食禁令被提早解除了，倒不是我恢復神速，正好相反，和剛甦醒時的振奮相比，此刻的我像是再也充不飽的舊電池，茶飯不思鬱鬱寡歡，眾人趕緊要我揀著開心的事吃吃喝喝玩耍。

過去綳得太緊了，要不是健康情形破爛，現在正是我夢寐以求的耍廢生活，不想工作可以理解，但連吃喝都懶就不正常了，我也懂這樣下去不好，做過各種檢查的結果，健康情形的確朝恢復的方向走，偏偏就是提不起勁。

下一任族長繼承人早在三年前我就指定好了，蘇星潮收著我給他的某個信封，我叮囑過那封信只有蘇晴艾死掉才能打開，小潮一直以爲是我的遺書，其實不然，裡頭裝的其實是曾被溫千歲和我藏起來的爺爺親筆家書，內容是只有族長繼承人有資格看的冤親債主祕密。

而今祕密當然不再保密了，那封信的價值卻沒有改變，堂伯一度託我保管的家書，又被我託付給堂弟。雙胞胎兄弟快十八歲了，倘若還是找不到延年續命的契機，我希望他們能透過族長資源取得成年人應有的自由或爲人生增添更多意義。

昨天我親手在雙胞胎面前打開那封信，對堂伯表示想辭職，當然被打槍了，但堂伯也接收到我的暗示，要他停止繼續將兒子們當成幼兒過度保護，訓練小潮以備隨時與我換位。

既然小潮一直對前世魔種身分和排名最末耿耿於懷，對付被寵壞的老么，最好的震撼教育就是給他一份責任挑戰啦！

本以爲小潮會抗議我把這份重擔往他身上壓，沒想到堂弟倒是意外配合。

小潮說：「如今我比弟弟要長壽了，就算找不到續命方法，把戴姊姊送我的命平均分給弟弟的辦法也是要找的。」

雙胞胎弟弟搖頭，認爲爸爸送給他的十年壽命已經夠了，儘管那意味著蘇星波只能活到二十歲。

現在我已經不會爲這些數字大驚小怪了，畢竟自己的命就是撿回來的，小波和小潮的困局至少不是明天就發生，哪怕沒有石頭，捏住鼻子憋氣也要踩著水底過河。

目前蘇晴艾這個族長只是榮譽職兼吉祥物，崁底村現在人人有功練，個個會驅邪，蘇家族長也不是那麼必要，選個正經的派下員管好族產就很夠了，我剛這麼說完就引來噓聲一片，所以說族長的威嚴呢？

也對，先代族長蘇嵐變成的化妖只是走了，又不是魂飛魄散，萬一哪天繞回來怎麼辦？到頭來我還是得被供在崁底村，眞羨慕已經在修行的刑玉陽和許洛薇。

難道是生理影響心理，總覺得我的想法變得好消極，即便主將學長時刻陪在身邊，我卻沒有被戀愛龍捲風包圍的狂熱，比滾床單更深入的事主將學長都做完了，連尿布都被換過的我只能靠羽扇綸巾硬ㄍㄧㄣ維持冷靜喵嗚嗚……

唯獨夠分量的親友探望我時，主將學長才願意暫離處理私事或去村裡的柔道場運動，今天來串門子的是術士。

「所以大家會診後對我目前的狀態有結論了？」不是我自誇，現在我享受的可是世界頂級醫療待遇，誰教我也是世界頂級超能力者（號稱）。

蘇亭山點點頭。

「妳是意識回歸造成魂魄變化後無法適應軀體，這樣下去遲早出竅。」術士很普通地說，他自己就是用生祭法復活的死人，本體是我的祖先，師父都鬼主也是一個樣，兩人都靠借用他人肉體生活，還可以操控其他活人，當然不會覺得魂魄出竅有多恐怖。

「那要怎麼辦？」我有點慌，趕緊灌口奶茶壓壓驚。

「俗話說，孤陰不生，獨陽不長，唯今之計只有陰陽調和——」

「噗！」

術士臉色大變連人帶椅靈巧轉身閃開那一大片奶茶噴霧，動作之俐落簡直就像拍古早武俠電影，我立刻鼓掌叫好。

「晴艾妹妹，妳是故意噴我的？」術士裝模作樣彈著他纖塵不染的眞絲唐裝上衣。

「眞可惜。」我立刻又含了一口奶茶，這次吸特別大口，見識本座的龍息吧！

術士趕緊說：「別浪費食物了，我可不會幫妳拖地。」

「哼。」我咕嘟一聲吞下奶茶，臭著臉說：「亭山先生，別在正事上面開我玩笑，我很嚴肅地請教你問題。」

「還不是文滔天和陳鈺沒種直接跟妳說，蘇嵐又一直求我，我才扛起這椿苦差事，對，就是陰陽調和怎樣？」術士抱胸蹺腳。

蘇醫師就算了，對溫千歲和石大人也是直呼名諱如此猖狂，神明果然還是架不住人家輩分高。

「屁！科學根據在哪？」比輩分是唄？爲師跟你拚了！

「妳要科學根據？」蘇亭山揚起不懷好意的招牌微笑。「妳的大腦A區神經元不太有勁，營養似乎都讓異常活化的鏡像神經元吃了，顯然是ＡＲＲ超能力的超級共鳴後遺症。爲了讓A10神經分泌足夠的多巴胺，需要特殊外因刺激，再讓多巴胺去運作下丘腦，改善食慾和情緒，然後是杏仁核，增強積極戰鬥反應與對外界的好惡興趣，最後是作用額葉，喚醒一個人的集中創造力，對晴艾妹妹來說，就是避免離魂的魄力，『魄』也就是運作肉體的力量足夠的話還是能夠強行固定魂，爲妳爭取身心統一的時間，以生理學來說當然就是拚腦力了。」

「你還是說陰陽調和好了。」我的頭在嗡嗡叫。

「總之，妳需要刺激。」蘇亭山戳了下我的臉頰。「不是什麼刺激都可以，得是渾然忘我的快樂，另外負面壓力以後能避則避，除非妳想提早痴呆。」

「我看小說也能渾然忘我。」我不服申訴。

「那會刺激到已經被ARR超能力操到很殘破的腦神經細胞連結，要不是妳現在情況不宜躁進，本來容易產生聯想和移情的興趣都該禁。所以，得是陌生的快感，才能啓動僵化不知幾年的重點區域。」術士比出零加一的淫穢手勢。這一次，我改扔胡椒罐。

「具體建議是，目前妳的健康狀態不適合懷孕，務必做好防護，然後只要不過度，多方嘗試男女之事相當有益，妳我本來就是慾界眾生，離慾就是不想活了，又不是修阿羅漢果，妳不需要那種境界不是嗎？」

聽完術士的話，我張口結舌，萬千滋味在心頭糾結。

「然後，到底是什麼困擾妨礙我們歷劫歸來的晴艾妹妹享受人生？」他托腮笑咪咪望著我，發言卻是一針見血。

我咬著下唇，將差點湧出的淚水逼回去。

「醒來以後，我好像沒有陰陽眼了，直到今天，超能力半次也沒發動過。」

又回到和許洛薇重逢前的我了。

捲入靈異事件飽受驚嚇折磨，被超能力透支健康與壽命時，我無數次渴望自己只是普通人，然而如今忽然間回到凡人的視野，卻也意味著我無法和許多不具肉體的親友直接交流，哪怕有生之年路上偶遇已經成神不便與我相認的許洛薇，我連發現她的資格也不具備。

「這就是點燃心燈的代價嗎？」我喃喃自語。

心燈是魂魄的力量，只要我的前世想作爲凡人誕生，哪怕翻天覆地的力量都無法抹去這份「平凡」，只因它們和讓我保持平凡的這份力量相比猶如灰塵。

作爲凡人之子轉生進入大苦因緣，是善解眞人的願望，正因爲是凡人，無法拒絕大苦因緣的影響，我會受傷灰心，感到悲哀且受祖先的影響覺醒超能力，蘇晴艾才能締結新的因果。

「就像禍千說過的，大家爲了打動妳的心無所不用其極，即便妳轉生了也可能單純旁觀，不管大苦因緣殷切呼喚，當個失意頹喪的凡人虛度一生，據說妳的前世就有這麼混蛋。投胎於此世或許是眞人的決定，放任心燈被熄滅，卻是晴艾妹妹的選擇——妳選擇正面戰鬥，接受應之而生的變化，破而後立。心燈不滅，蘇湘水留給妳的ＡＲＲ超能力就無法覺醒，沒有這份能力，妳就不可能介入並釐清蘇家的大苦因緣，不可能——認出我，那個被蘇福全殺死的孩子。」術士溫柔地注視我說。「如今已經不需要『湘水的能力』了，既然目前最要緊的任務是延長肉身壽限，會造成無謂消耗的能力當然必須消失，這是晴艾妹妹想活下去的證明。」

「可是……」

「晴艾妹妹莫非認爲身不由己，只是被宿命玩弄？」術士微笑。

「我認爲宿命是中性詞，無所謂玩弄不玩弄，麻煩都是自找的，我覺得這輩子的自己就很好，所以善解眞人的願望，也可以說是我的願望。只不過，還是會羨慕別人家的草坪。」我老實承認，就是因爲身爲凡人才會嫉妒高人，想要延續那些不可思議的交往，但高人的生活我過不起啊！

「現在大家希望妳好好活著，妳也該體會生而爲人的各種滋味，雖然由我這個活死人來講沒啥說服力。」術士撩著劉海說。「反正可以傳話的人那麼多，不然就地丟銅板也能問事。」

我點點頭，心結倒是鬆了許多。比起困在一起互相取暖，我更希望許洛薇自由自在翱翔，怎麼換到自己身上就當局者迷？溫千歲、石大人、媽祖娘娘、土地公們……還有許多無形親友肯定不樂見我自損血條來和祂們互動，冒生命危險發掘那些殘酷險峻的因果關係，執著特殊能力反而是看輕了這些有別活人的存在。

「結果前世根本沒留給我什麼嘛！連超能力都是別人送的。」

蘇亭山停頓片刻道：「眞人也不能說什麼都沒留給晴艾妹妹。」

我眼睛一亮。「有我沒發現的好處嗎？法寶也行。」

「欠揍的天賦貌似有完整保存下來。」

「……怎麼能跟你比呢，亭山先生，我敢打包票你在江湖追殺榜的地位已經大大出師了。」我終於控制不住撕破裝著麵粉的塑膠袋製造範圍攻擊，形成兩敗俱傷的結果。

明知術士故意寵我才被麵粉撒了一身，但我還是要說活該！

□

關於陰陽調和的藥單，主將學長那邊肯定被打過PASS了，這種事怎麼好讓女方開口？貼心的長輩們想必這麼認爲，其實大學時代就跟柔道社還有許洛薇暢聊黃色廢料的我根本百無禁忌，淑女名節啥的那是封建歧視！然而一旦對象涉及主將學長……

對不起，我就是俗辣沒錯。

主將學長和平常一樣，我是說確定交往後的平常狀態，親暱的小動作？有，但不過分；適當的情話？有，甜甜的，效果快，但我恢復也快。這個男人在拿捏我的承受界線上異常精準，知道經歷生離死別的我其實不想要太戲劇化的戀愛，只想和他平平安安地度過每一天。

主將學長的偶像光環還是很亮，動不動閃瞎我的狗眼，都怪那些老不修的長輩，害我的平常心破功，和主將學長獨處時總是擔心隨時會被他撲倒。主將學長也發現我這份不自然，忽然間又對我客氣許多。

只要我伸手，他就會靠近，我後退，他就停下來，患得患失的樣子讓我不好受，但我第一次交男朋友就是被景仰多年的熟人告白，實際互動時種種心理障礙要克服也沒那麼快。

無論如何，「陰陽調和」四個字把我的喪氣都嚇跑了，我決定履行當溫千歲一年代言人的承諾，出來混總是要還。就算看不見，還是能跟王爺叔叔在同一處空間辦公——然後被溫千歲駁回要我養好身子再來。

發現我和主將學長之間不太自然的葉世蔓建議我乾脆藉酒裝瘋，剩下就交給主將學長自動導航，雖然是情敵，但他跟我一樣敬佩主將學長，覺得我讓一個男人憋了十年相當不人道。

「你把我堂伯和出家人當什麼了？男人又不是只有下半身，主將學長做什麼都是對的，我很高興他願意尊重我。」

「那是因爲對象是妳，踩中一次地雷就出局了吧？」葉世蔓和主將學長說出一模一樣的觀察結論，眞不愧是實力緊追在後的老二。

「我也很煩惱！如果沒有大苦因緣的鳥事，只是普通地上大學，普通地畢業出社會工作，認識一個各方面和自己差不多又合得來的男朋友，我覺得交往一年感情夠好就能上床了，畢竟性生活也很重要。」這是父母還沒臥軌自殺時我的人生觀，可以說是安全牌，至於爲何是出社會才交男朋友，只能說當時身邊高中男生完全無法讓我心動，大學生也不樂觀，索性能拖就拖，到底不是真的想戀愛和交男友，只不過爺爺奶奶和父母鶼鰈情深的印象太深刻，日常生活沒破滅前的我對男女交往和婚姻並不排斥，覺得順其自然就好。

父母去世後，我打算孤家寡人度過餘生，和許洛薇重逢牽扯出的一切冒險，新增的朋友和親戚已經讓我的生活夠精彩了。

「妳居然有臉說性生活很重要？」葉世蔓不敢置信地看著我。

「就是很重要，不想做的時候還要應酬，就算那個人其他地方都很好，也會愈來愈沒興趣。薇薇每次分手就是這樣。」

「薇薇學姊不是也沒經驗，妳拿她當範本？」

「那傢伙至少懂四分之一套經驗，不然怎麼舔到腹肌？話說你那麼清楚她的隱私？」

「我們交流過這方面的經驗嘛！她一直抱怨男人那根蘑菇很多餘，要是可以切下來就全部送給我。」葉世蔓燦笑。

這話題未免太驚悚，弟弟你爲什麼笑得出來？

「總之，主將學長和我從小想像的男朋友形象差太多了，能力性格也是，加上前世因素還有我們從大學起的交情，一切不知不覺變得很困難。」我想了想，追加一句：「你瞧，主將學長超敏銳的，我想不想要還看不出來？如果他明知我不想要還能做下去，你會怎麼辦？」

「揍他。」葉世蔓不假思索回答。

「我想也是。主將學長不想被我看不起，我不想對他失望，他好像也會擔心我不崇拜他以後跑去崇拜別的男人，既然如此還不如自己苦一點再等等。」

「哇……」魔性青年一邊感嘆一邊搖頭。「妳都這麼清楚了還怕啥？」

「但他不用脫衣服就讓我很有壓力啊！」

「有嗎？」

「世蔓，不能因爲主將學長不是你的菜就對同性這麼嚴苛。」我沉重地拍拍他的肩膀。

「我再怎麼苛也苛不過妳。」他笑著頂嘴。

「理想和現實是兩回事，萬一哪天水壩忽然垮了怎麼辦？」我理智願意，但情感上就是還沒準備好，這件事主將學長也很清楚，否則他就不會後退一步了。

「姊，妳永遠不會討厭他對嗎？哪怕丁鎮邦犯了天大過錯，妳害怕的是人心稍微變化，妳就會從能和他談戀愛的位置上走開，那眞的是毫釐之差。」葉世蔓敏銳地挑破我徘徊不定的原因。

「真奇怪，女生不是很容易為愛付出嗎？」我可以喜歡主將學長一輩子，卻沒想過和他真的交往，我總是認為他值得更好的對象，單純保固的學長學妹關係就夠讓我開心了。

「談戀愛若只是自我陶醉，隨便就能愛得要死要活，但你們只想和真正的對方談戀愛，那就難了。」葉世蔓靠著沙發仰望天花板。「年紀愈大，歷練愈多，認識對方愈久，一些小事累積，現實與期待不符，他變了，我也變了，感覺失望不想再愛，的確只是一瞬間的事情……」

我知道他想起前男友的事，葉世蔓說過，初戀雖然還不到剜心的程度，但不表示從大腿挖塊肉就不痛了。我們都是不容易動心的類型，難得有一次就很稀奇了。

「你會遇到最適合的那個人，無論是男是女或不男不女，只要你們幸福就好。」我誠心替他祈禱。

老二是差點蹲地獄的魂魄。我向在場人士問起毫無記憶的最終戰鬥場景時，得知真人承認自己救到九百九十九個徒弟，唯一的漏網之魚是首席大弟子，無名氏魔王雖說自己下過地獄，看來他因故超脫，並未被困於地獄受刑，但也夠悲慘了。

「現在這樣也很好。」葉世蔓聳聳肩。

我本來就喜歡當單身狗，對葉世蔓的決定並不是很擔心，單身生活一樣能過得有滋有味，反正緣分到來時該仆街就會仆街，我撐這麼多年還不是被主將學長叼回家了。

□

主將學長右臂打著石膏走進屋時，我愣了數秒鐘，心火噌地冒上來。

「堂伯太過分了，就算學長暫時沒在工作，也不能老是叫你去做危險的事！」我第一時間認定蘇靜池又叫主將學長去冒險。

「……小艾，妳誤會了，這次跟蘇靜池無關。」主將學長一臉尷尬。

「欸？」

「這是騎馬摔的。」他說出了一個神奇的答案。

主將學長和小黑——就是我家後院那匹名種賽馬——不對盤，外加完全不懂馬術，也不曾特別練習，都是交給村裡對養馬有興趣的人來顧，談不上稱職的馬主人，連我餵食小黑的次數都壓倒性多過他。

崁底村不分大人小孩倒是很愛小黑，畢竟人人都有愛美之心，小黑顏值可高了，男人們更是對這樣一匹神駒愛不釋手，王爺廟的兵將不消說，和蘇家來往的達官貴人們，其中有馬術愛好者偶爾技癢也會來騎，小黑已然是崁底村的寵物公共財加動物明星。

「學長，你的護身倒法呢？」主將學長從行駛中的警車摔下去都不見得會傷成這樣。

「腳被馬蹬纏住了，地上剛好有顆石頭。」出事地點在自然農場的空地，我們討論過推平一小塊草坡圍起來當馬術練習區，再引進一些退役賽馬，實際上給初學者練騎的場地還沒準備好，教練也還在找。

「你怎麼忽然想騎馬？」比起騎馬耍帥，主將學長寧可開車、騎車或走路，不知是否和柔道高手腳離地沒安全感有關？

「我想帶妳一起騎，可以當成復健運動。」主將學長終於發現想像很美好，現實很骨感。

「我認爲我們都應該去找專業教練學，而且先從安全的迷你馬開始騎。」我理性建議。

「嗯。」主將學長悶悶同意。

聽主將學長的說詞，應該是用非常誇張的姿勢著地，換成其他人可能早就摔斷脖子，主將學長受的還是相對輕傷，多虧他身體強壯反應又快，至於我第一次爬上小黑的背就被穩穩載著走又是另一段故事了。

男人外表有些擦傷不礙事，就屬右臂骨裂最嚴重，不能讓主將學長的黃金右手留下後遺症，柔道可是他的命，主將學長也是這麼想，才愼重地連石膏也打了。

「輪到我幫你洗殘廢澡了。」我捉著他沒受傷的那隻手說。

他低頭看著我，表情莫測高深。

「妳很期待？」

「期待是還好，但女朋友不就應該要做這種事嗎？」我愣愣地回覆。

「那就麻煩妳了。」

「乾脆現在就開始吧？早點洗乾淨徹底休息比較舒服。」被封印右手的主將學長現在對我來說很安全，我不自覺變得大膽起來，一心只希望緩解他的不適。

主將學長身上穿著短袖襯衫，大概是處理傷勢時同時換了方便穿脫的乾淨衣物，否則現在可是春寒料峭的季節。

主將學長並未趁機說些挑逗的話，溫馴地任我解開他的釦子，我暗暗鬆了口氣，上半身早就看到不要看了，我小心地移除短袖襯衫，發現他腰側有幾塊瘀青，曾被劉君豪刺傷的地方留下一條三公分長的疤痕，回過神來時，我的指尖已經滑過那條小疤，男人輕顫著發出一聲嘆息。

「學妹，如果不想看到我起反應就不要再摸了。」頭頂傳來主將學長冷靜的聲音。

「喔，好。」還以爲抱著我睡了兩年多的主將學長不會在意我偷摸他，沒想到這麼敏感。

「褲子你可以單手自己脫，我去幫你放洗澡水。」瞬間我很想召喚那條有鬆緊帶的男士浴巾，轉念一想，主將學長都把我看光了，我欣賞男朋友的裸體也是天經地義。

做人可以沒有廉恥，但不能沒有氣魄。By 玫瑰公主

我飛快背了一遍心經，頓覺念頭通暢不少。

過一會兒，一絲不掛的主將學長走進浴室，只能說筱眉學姊三天兩頭罵我白痴不是沒道理，這樣一具極具誘惑力的男性軀體偏偏被我暴殄天物好多年，但現在我只想讓主將學長早點放鬆休息養傷。

我讓主將學長坐在圓凳上，用保鮮膜纏好他的石膏手，小心翼翼拿起蓮蓬頭噴濕，再用海綿和沐浴乳在他身上搓泡泡。

「我是不是應該先洗頭？」猛然想起很久以前主將學長幫行動不便的刑玉陽洗澡時步驟和我不一樣，主將學長怕我著涼，總是先讓我泡在熱水裡才會打濕我的頭髮。

「沒差。」他說。

將他身上的泡沫沖乾淨後，我請主將學長先躺進浴缸泡澡，確定石膏手擺在安全位置後才替他洗頭。

原本主將學長在我醒來隔天就想剪掉長髮，都鬼主認為他的頭髮可以拿來當護身符材料後，變成跟我同一天斷髮，還必須選個好日子，期間限定版的長髮主將學長也很有趣。

崁底村之戰剛結束，都鬼主就決定爲魂魄與肉體同時停機的我製作一具等身人偶，若我魂魄先醒可以依附在人偶裡，因材料蒐集不易，零零總總需要數年準備。

「魂魄先醒」的說法夠含蓄了，基本上就是做了最壞的準備，縱使如此，這些人也希望發生不測的我以某種形式繼續留在崁底村。

Final Chapter / 情愛

主將學長的長髮又軟又順，出門都紮成清爽的馬尾，帥氣度有增無減，但我還是更喜歡他留接近平頭的短髮。

「不知道學長的頭髮做出來的護身符效果會是什麼？」我的手指在泡沫與髮叢間穿梭，學著主將學長幫我洗頭時的手法按摩頭皮。

「能派得上用場就好。」主將學長說。「大家討論結果都是替身頭髮長一點比較好看，也能儲蓄更多力量，目前剪掉需要長度後，小艾的頭髮還是能披在肩膀。」

「學長你也喜歡我留長頭髮嗎？」

他毫不客氣點頭。「妳短頭髮的樣子不知怎地會讓我難以自制。」

「那還是留長好了。」秒答。我的前世正是短髮，還是不要考驗主將學長對慣性的抵抗力。

從目前的角度能清楚看見主將學長肩背起伏的完美線條，十年前剛重逢時，許洛薇曾痛哭過主將學長的腹肌躲起來了，當時主將學長體脂率和體育系大學時代相比的確較高，那正是出社會工作應酬的正常生活痕跡，所謂「平凡的證據」。

後來主將學長硬是擠出時間來幫忙我和刑玉陽，因此削瘦不少，我當上蘇家族長而他轉職刑警後，主將學長體型就一直維持在巔峰狀態了。他的肌肉不如健體比賽選手那麼誇張，但形狀漂亮外加非常結實，甚至爲了照顧我足不出戶時還練了瑜珈，無論耐力和爆發力都比過去要驚人。不只是他，蘇家包括我的其他親友全部有意識地爲了將來的蘇家劫難自我鍛鍊體能，原本就對武術有興趣的更是專攻戰鬥技能，主將學長則是其中的佼佼者。

我的體力和健康下降得愈厲害，身邊的人就默默地變強更多，這是我觀察到的現象。

從那時開始，我才眞正有了身爲蘇家族長的自覺，更加積極扛下各種我不喜歡的族長工作。

我和主將學長就這樣彼此扶持走到這一瞬的親密，有句話我始終憋在心裡，從前是不能問，如今主將學長比我還清楚我們的前世故事後，我則是不敢問。

「妳在想什麼？」他驀然開口。

時間的確會影響心態，現在我好像能放開來提起這個話題了。「學長，你認爲前世會否影響一個人來生的感情，比如說喜不喜歡誰之類？」

「我覺得妳有被影響，否則怎會躲我這麼多年。」

「哪有？」他在暗示我若沒被前世影響，早該投入他的懷抱，不會難逮成這樣，或者反過來說，當成紅線天生綁定更積極點答應他的追求滿足前世的遺憾。

「許洛薇說過妳的心就像天使一樣。」

「幹嘛這麼肉麻？」禁不起人誇的我竊喜。

「六翼熾天使，遮頭遮腳還會飛，換句話說，都是毛。」

……不用在這時候秀冷知識好嗎，相信許洛薇知性的我是豬。

「學長你先好好回答問題啦！」

主將學長忽然蹺腳，一條長腿毫無預警浮出水面，幸好我早就在水裡加入溫泉粉，把洗澡水變成不透明的安全乳白色。

「我認爲會。」他說。

「我也曾檢討過對妳的感情是不是前世影響，坦白說，我並不喜歡這種事，也不希望自己如此軟弱——我就是我，不是別人。但是，在不知道前世因果時，我已經選了妳，妳一直都很支持柔道社和我的職業，那是我自豪的努力成果；相處時的感覺也很好，男人不是那麼容易遇到能接受自己眞實面貌的女人，而且很忠誠。我特別喜歡小艾妳忠誠的那部分，我的情敵永遠不會是別的男人，如果不是妳重要的朋友，就會是還不夠信任我的小艾，妳本人。」

「謝謝。」被主將學長大力認同，我的自信立刻宇宙爆炸擴張。

沒想過那些自然而然的小事對主將學長來說這麼重要，畢竟又不是爲了追求主將學長才那麼挺他，而且他原本的樣子就已經夠好了，好到我怕耽誤他的人生。

主將學長說他不想去限制女人這不能做那不能做，也討厭配偶對他的目標嫌東嫌西，逼他做討厭的事，最好本來價值觀和生活習慣就合得來。如果標定他之後還會對其他男人產生興趣，大可不必在丁鎮邦那裡浪費時間。外表雖然算一份資產，卻要花很多時間精力維持，他更不是愛漂亮才練那身肌肉。

再說，人總是會病會老，沒有形而上的羈絆，日子就太無聊了。

「我也差不多是這樣想的。」我捧著主將學長的長髮小心翼翼地沖水。

開玩笑，我蘇小艾是哪個柔道學長都能隨便虐嗎？我也是盯著主將學長的人生發展許多年，知道他沒有雙重標準，就是挺能自嗨還要大家一起嗨的認眞魔人，才會始終這麼相信他。

「前世也好，今生也罷，去計較原因挺沒意思，我就是想要妳。」

「學長，你不能擺爛啦！」我還期待他跟我統一陣線，徹底防止前世人格滲透。

「沒錯，我就爛。」主將學長用沒受傷的那隻手抹掉眉毛上的泡沫說。

「……」

我發現他後頸髮際處還有些油膩，「學長給我浴棉，我再幫你刷乾淨。」

主將學長在水裡撈了撈，我很自然越過他的肩膀伸手想拿浴棉，他冷不防鬆手，浴棉噗通一聲掉進男人雙腿間的謎之水域，我嘴角抽搐了一下，接著手腕被握住，立刻寒毛直豎！

主將學長你想幹嘛？不，主將學長你想做什麼？再等等，這該死的中文，能不能有比較善良純潔的動詞？學長你意欲何爲？

正當亂碼在我腦海中瘋狂奔馳，主將學長發話了。

「小艾，我跟妳也必須談談人生。」

「行，學長你說。」

「妳在擔心我會勉強妳，這不是我的喜好。」

「我當然知道學長不是這種人！」我一頭霧水，都走到今天這一步了也不可能懷疑他的人品吧？

「我希望親密行爲由妳主導，別擔心我會利用交往關係軟性施壓逼妳配合。」主將學長索性挑明底線。

那方面的喜好？赫然發現我現在才想到這等重要問題，筱眉學姊曾抱怨主將學長太少陪她，可以推測主將學長原本就是需求不高的體質？以體育系和畢業之後的非人運動量累積的雄性荷爾蒙來說不科學！

但某種程度上我又能理解，主將學長在社交上其實頗有潔癖，興趣當前其他都要讓步，比如說他可以爲追上好友的武力值刻苦鍛鍊，爲柔道選擇體育系和警察職業，爲選手生活不符合他對柔道的嚮往放棄奧運參賽機會，爲了性慾交女朋友還不如DIY更方便，會答應交往就是有感情了，初戀分手時的失落並不是造假，幸好兩方都是殺伐決斷的性格，價値觀不合果斷停損。

到頭來筱眉學姊還是敗給柔道，可以說過去的主將學長心目中眞正的親密行爲不是上床，是天旋地轉的戰鬥啊！從這一點看，筱眉學姊的柔道國手老公其實和主將學長要更親密，畢竟磨到了陪練的交情也不容易。

一直以爲主將學長在床上的喜好跟柔道一樣凶猛侵略摧枯拉朽，難不成是我的錯覺？

「學長的意思是要我主動誘惑？」不是我要吐槽，男人應當主動這種說法只是偏見，但主將學長本身就是攻擊性很強的類型，要他乖乖不動基本上是沒可能的事。

「我想對妳做什麼不用靠妳誘惑，只不過那樣了無新意，我希望妳能拿出志氣來制伏我。」

聽完他的話，我空白的大腦可以畫上一幅《最後的晚餐》。

主將學長的意思是，要是他察覺我有認眞想放倒他再醬醬釀釀的決心，而非一上場就扔白毛巾，他會拿出眞本事來抵抗嗎？

以主將學長的角度那樣的確是比較好玩沒錯，但眞的好麻煩啊！而且最後肯定還是我被他吃掉，光想就提不起幹勁。等等，要是利用主將學長忍不住放水的機會將他銬起來然後晾個一夜好像挺刺激？蘇晴艾，妳清醒點！這是挖坑給自己跳，我不能動搖！

「學長，我不是這塊料，你太看得起我了。」不是謙虛，這叫自知之明。

「嗯？」主將學長發出意味深長的低哼。「記得妳把神棍剝光綁在床上過。」

別告訴我主將學長連這樁黑歷史也可以拿來下飯？太恐怖了！

「那是不得已，學長～你要相信我不是那種人。」我用最靦腆害羞的聲音撒嬌。

「我不介意妳偶爾是。」好的，主將學長完全不吃這套，真不愧是罰系花伏地挺身的魔鬼。

「拿童軍繩出來危險的是我吧？除非你的手銬借我——開玩笑的！」忽然發現主將學長的左手有一搭沒一搭製造水花，似乎心癢難耐，我趕緊踩煞車。

「學長，事到如今要騙我你是受虐狂太晚了。」隨便揪一個上古時期柔道社成員來作證，都能得到比電話簿還厚的血淚控訴。

「現在的妳太瘦弱了，學妹，還是壯一點比較好，我可以等。」

我起了一陣冷顫，他這話怎麼聽起來像迷宮BOSS要玩家再去練等？

「男朋友普通不都會說胖一點也很好？」胖與壯，一字之差，血汗度可是雲泥之別。

「肥胖對健康不好。」主將學長不假思索駁回，接著非常惋惜地喃喃自語：「以前在社團裡的妳那樣最理想，肩膀線條圓圓鼓鼓的，肌肉也很有彈性……」

那是多虧有您把大家往死裡操，我明明是設計系還常常被誤認爲是主將學長的同系學妹。

我也很喜歡那個強壯的自己，可惜已經回不去了，有萬惡金錢權力當後盾的我不會再像過去那樣害怕沒有明天，無論是累積身體本錢準備做粗工，或是發洩鬱悶，還有爲了逃命，拚命鍛鍊肉體。

「爲了我，要加油喔！」哇靠！居然是命令句。

我還來不及組織感想，主將學長又補充：「小艾，妳得和我活得一樣久才行，就算是意外，我也不允許，身體練好至少比較有希望撐到救援和後續治療恢復。」

「明白，我會加油，爭取對上學長時有一戰之力。」每次主將學長要練兵我都只能乖乖配合，唉，反正我從來沒想過當黏在主將學長身上的腫瘤。

「還有，記得我們討論的……我的喜好，隨時歡迎挑戰。」主將學長不讓我離題。

我有點想哭。「那個滿難的。」

「主動佔有才能證明妳渴望我，我會更開心。」他說。

「我會開心」彷彿一句魔咒，每回一聽到都害我蠢蠢欲動企圖討好，肯定是上輩子傷透他的心的報應，能讓主將學長開心的都是我力能所及的小事，膩在一起恩恩愛愛之類，但我眞的沒那麼餓啊！

都是他單方面追求我也不算公平，我這麼孬，死後怎麼有臉去見許洛薇？

「沒問題，學長，給我時間！」被責任感和心虛不停譴責的我拍著胸脯承諾。

「好。」主將學長單手抓住浴缸邊緣猛然扭腰跪起，有如蛟龍翻身，無數水珠在那副精壯身軀上閃爍滾落。

我傻在原地，他彷彿要親吻般探過來，卻在只剩一支原子筆的距離停下來，微笑地望著我。

男人的雙眼像是下過雨的夜空般潮濕而曖昧，我第一次覺得喉嚨有些乾渴。

□

春暖花開的早晨，我渾身泡在熱水裡似的，舒暢地伸展四肢坐起，正爲了健康進度三級跳喜不自勝，回頭一看另一個蘇小艾還躺在床上閉眼不動，嚇得我連忙對準肉身躺回去。

除了刑玉陽，沒人知道我的心燈眞正的亮度，都鬼主和其他鬼神都覺得我那盞風中殘燭雖然亮了還是不太靠譜，刑玉陽則認爲過亮也是一種異常，難保肉身撐不住，總之我仍處在某種游移不定的過渡階段。

清醒之後的兩個月，每天晚上仍是和主將學長同床共枕，大家都說主將學長的心燈眞好用，必須好好替我的小火苗護航，也就不會體會都鬼主說我目前體質很容易離魂的狀況。

沒想到早上睜開眼睛就脫殼了！還脫得行雲流水不帶一點徵兆的！不就是我昨晚覺得憋了兩個月夠穩了，久違地想一個人睡覺嗎？主將學長就在隔壁房間，這樣也不行？

總之先固定不走位，按照過去經驗，再睡一覺可能就自然恢復了，如果不行還有萬能的都鬼主。

相處久了，對每個人的腳步聲我都有印象，一開始是超能力暴走造成的長時間臥床，到當族長時批文件都快批出痔瘡的久坐，我就是這樣傾聽著靠近自己的各種腳步聲。

聽到兩道腳步聲接近，我躺得更穩了，原因無他，來的是主將學長和刑玉陽啊！

昨晚我才信誓旦旦保證一個人睡不會有問題，隔天早上立刻破功，誰都好唯獨不想被刑玉陽第一個發現這件事，一定又會被罵！尤其他現在的白眼功力已經可以直接揪著我的魂魄說教，主將學長發現我叫不醒，自然會去找醫生，當然也瞞不過都鬼主，她最寵我了，問題就能在溫馨的過程中圓滿解決。

理論上，只要我的魂魄待在身體裡不動，刑玉陽的白眼也只能看見我在睡覺，決定了，瞞！

「小艾應該要醒了。」主將學長摸著我的臉，語氣擔心。

爲了躲過白眼掃描，我試著用魂魄狀態閉起眼睛一心冥想關燈拉黑，貌似有效，但也看不見主將學長的表情了。

「我就說你們兩個不要自作主張，按照都鬼主的吩咐循序漸進才保險。」刑玉陽湊過來壓我的鎖骨穴道，如果醒著一定痛得要命，但現在我的身體好像眞的在熟睡中，只是魂魄像被金龜子撞了一下微微知道被碰了哪裡。

「你快用白眼看看。」

「早就在看，還用得著你說？這傢伙魂魄似乎又睡著了。」

「她不會像過去那樣昏迷吧？」主將學長想像過所有最壞的情況，萬一我只是醒來一段時間又恢復沉睡，這種事他肯定也做過心理準備了。

「我認爲她既然醒來了，正如眞人的預言，只要我們好好照顧，她就能繼續正常生活，魂魄目測沒什麼大問題，都鬼主也提過暫時出現魂魄靜止和離魂的情況不必太緊張。」刑玉陽說。

「無論如何，還是請那位專家來看看。」主將學長有點自責。

都鬼主目前不在崁底村，刑玉陽以手機通知她盡快趕來，接著和主將學長守著我靜觀其變，他們討論著若我過一會兒就自然醒，便毋須大張旗鼓通知所有人。

「她好端端的怎會搞事說要自己睡?你們吵架？」刑玉陽馬上開始訊問。

主將學長聲音很無辜：「沒，但小艾說她本來就習慣一個人睡，醒來以後忍很久了，我不想將她逼得太緊，本以爲我就在隔壁不礙事。」

「已經熄滅的心燈是被你點燃的，無論是正面或負面，她的魂魄極有可能特別容易受你影響，你眞的沒頭緒？」刑玉陽冷冷地問。

「我認爲漸入佳境中，無論哪一方面。」

被白眼狠瞪整整一分鐘後，主將學長招供了。「前陣子右手打石膏，我叫小艾可以主動，她也說會努力。」

「所以呢？」

「我不想讓她害怕或爲難，她不主動的話，我不會對她出手。我以爲這樣說她會輕鬆一點。」主將學長呼了口氣，有點困惑。

「所以你是打算先讓她內疚？」刑玉陽的聲音聽起來愈來愈不高興。

「不，是我的自尊不允許她半推半就，但小艾在這方面完全就是得過且過的性子。」

「……我無法反駁。」刑玉陽的火星被澆熄了。

我的結拜大哥想了想，提出一個尖銳的問題：「她有吃避孕藥的準備了嗎？」

事前避孕藥必須長期穩定服用，國中健康教育我可是很認眞上課，但……刑玉陽就是這麼犀利，我完全沒把去婦產科諮詢領藥排進日程表，第一次的話，靠保險套和事後藥應該就能安全過關了。

「沒有。」主將學長非常清楚我的任何細節。「但我也不想讓她吃藥，再怎麼說她現在的狀態不是一般健康女生，人工荷爾蒙導致的身心副作用可能更嚴重。」

我會這麼虛和月經一直沒來脫不了關係，其實早在頭髮變白那時，這具身體的週期就已經亂七八糟了，現在更是和更年期沒兩樣，一方面是精神上沒有繁衍的興趣，客觀來說我的身體也不適合生小孩。

「保險套避孕效果不是百分之百。」刑玉陽自己就是意外的產物。「誰都不能保證激情時不會出狀況，我媽當年明知楊鷹海有戴套，但還是很怕，後來也中獎了。」

「我知道。」主將學長低沉但是穩定地回答好友的質問。

「你知道有個屁用！」

「小艾明白表示不要孩子，這對我們來說都是很重要的決定，既然如此，我有義務確保不會發生意外。」

主將學長的話聽起來令人發毛，我忍住跳起來追問的衝動，反正刑玉陽會替我問到底。

「怎麼保證？」

「我去結紮了。」

「……」刑玉陽顯然跟我一樣震驚。

半晌，他低聲問：「這件事你還告訴誰？」

「暫時只有你。」

「你有想過怎麼對父母交代嗎？你是獨生子。」

「我的身體我作主！」主將學長振振有詞，我能想像刑玉陽一臉黑線的表情。

這麼大的事怎麼不先和我商量？主將學長一定覺得我會阻止他，我本能反應也是想阻止他沒錯，這樣一來又陷入一開始的迴圈，所以主將學長先斬後奏了。

「避孕的確是個問題，我不希望小艾找藉口拖拖拉拉，或者表面不說心裡有芥蒂。」主將學長握著我的長頭髮摩娑。

主將學長無所不用其極地爲我倆的初夜開綠燈，其實我覺得他不必這麼小心翼翼，這個男人用迄今一切表現證明他會珍惜我，否則我也不會撂下去陪他談戀愛，既然認了男朋友，敢做敢當，該給的待遇不會摳死當。

蘇晴艾這不就在醞釀各種機密計畫了？

「小艾會內疚的。」刑玉陽也很了解我。

「男性結紮又沒什麼，手續比女生簡單，哪天想生，逆轉手術也不難。」主將學長眞的毫不在意。

「以她的性格要是意外懷孕一定會留下來養大，無論付出多大的代價，她一直很喜歡孩子。」刑玉陽彷彿不只在說我，也在說他的母親。

「我知道，所以我也確定她不想自己生才配合的，她要關心的小孩已經夠多了。」主將學長的聲音像是在笑。

「朋友再好，終究不是眞正的家人。」主將學長把對我說過的話又對刑玉陽說了一次。

「多年來，你總是在我不知道的地方做危險的事，你的牽掛就這麼少嗎？從小我就希望，將來如果找到合適的伴侶結婚生子，你可以當那個孩子的乾爹，這樣一來你就多出一個家人了。小艾和我決定不生之後，我只是對你感到有點遺憾。」

主將學長認爲他本來能夠帶給好友更多羈絆和溫暖，我的孩子就是你的孩子。

刑玉陽不說話，主將學長於是又說下去：「現在我不擔心了，小艾直接把你拉進蘇家，這樣更有效率。」

「她就是個麻煩工廠。」刑玉陽在床邊坐下，檢查似地拍拍我的小腿，眞是個多疑的男人！

「你若明白我對小艾的心情，就別再扯我後腿了，叫你大哥的事等婚禮當天敬酒再說。」主將學長索性把話說白。

「我覺得你紮不紮沒啥區別，反正也用不到，就蘇小艾那副窩囊模樣，要她主動？呵！」刑玉陽當面將我嘲諷一萬次。

「有備無患，當作許願吧？」

主將學長，你爲什麼不賭雞排就好？

「行，你們慢慢玩……抓我的手幹嘛？」一陣窸窣聲，像是刑玉陽靠實力掙脫好友變態腕力的表現，眞是矛盾對決。

「你是她大哥，給點意見。」

主將學長你傻嗎？全世界的哥哥都希望切掉妹妹的男朋友，刑玉陽這樣已經算通情達理了。

「只要她願意，你怎麼做不必問我。」刑玉陽難得也會說廢話，不過這句廢話仍然蘊含深深的關愛，背後有人的感覺就是不一樣。

「我在她眼裡彷彿只是功課，好歹也要是盤菜吧？」主將學長悶悶地說。

我聽到這裡好想跳起來大喊學長你是我的偶像我的燈塔我的堡壘和寶貝，他妄自菲薄的樣子讓我好心疼，但想起那四張日曆的神祕紀錄，我背脊一涼，同時小人地懷疑他知道我在偷聽，趁機對我心戰。

呸，唾棄那個不能卵子上腦偏偏要諜對諜的自己。擁有這麼優秀專情的帥哥男友，理智上我明明很想放空享受被盡情甜寵，偏偏每次相處都自動開啓外交官模式，爲啥？

後來我熬到都鬼主趕到，她也很夠意思沒拆穿我裝睡，還在我身邊裝模作樣進行鎮魂儀式，好吧，鎮魂的部分不是裝的，我又被套上沉重的肉身了，這次感覺黏得很牢。

旁聽了主將學長和刑玉陽之間頗具深度的男人對話，我不能繼續孤軍奮鬥，到底該如何突破心防和男友發展進一步關係呢？拿這個問題請教珍貴的眾女性友人，笨拙的我希望得到經驗者的開示。

敏君學姊：「可以！絕妙！我若是男人最想把這種彆扭小受幹到下不了床！」

筱眉學姊：「老公就是拿來奴役用的，想怎麼玩就怎麼玩！眞是讓人操心的學妹！給我好好調教丁鎮邦！叫他跟我阿娜答學著點！」

許媽媽：「小艾的口味和我一模一樣，還說不是我女兒。」

都鬼主：「眞人閣下轉世投胎以後慣性還是那麼明顯，哈哈！眞有意思！繼續保持唷！」

戴姊姊：「太愛面子了，小艾，小說裡這都是強制愛的鋪陳，妳要小心鎮邦哪天被撩撥到停不了手。」

最近發現的宇宙眞理如下——再怎麼厲害睿智善良溫柔的閨蜜，廢話就是廢話。

自從確認主將學長的喜好，我不得不修改沙盤推演的方向，畢竟戰略失誤比戰術失誤要嚴重多了，以前是擔心主將學長對我狂風暴雨，現在我更煩惱主將學長要我對他狂風暴雨，難度提升不只幾十倍。

非自願地理解了天底下男人的壓力，蘇晴艾，三十二歲，提早進入中年危機。

□

終於等到都鬼主替我和主將學長斷髮的日子，親眼目睹那具傳說中的替身人偶，由於缺乏頭髮和性徵，看起來眞的就是與我很像的素坯模型，雖說像的是十五歲的我。

都鬼主對我的關愛實在讓我無以回報，我也曾好奇她爲何對我這麼好。

「有幸見證無數代都鬼主魔改過的傳說故事主角，那位眞人在我眼前轉生，其他故事人物也一起，這麼有趣的事已讓我此生無憾了。」都鬼主表示看我們這群人的八卦日常比追劇還過癮，抖內得非常樂意。

等等，長髮姊姊妳就這麼大剌剌地把「魔改過」三個字放進對話，好歹加個括弧啊！不過我大概能明白她樂在其中的意思。

完成替身人偶有個好處，就是我和主將學長終於能單獨外出約會了，替身加上都鬼主的法術能營造出我仍留在崁底村的強大錯覺，過往能力不足時遇到那些強大敵人我都沒退縮了，現在靠山遍布全島，手裡也有許多張牌可出的我更是不擔心離村會遭遇危險。

豪華溫泉旅館訂了，烈酒帶了，主將學長開車，我懷抱征戰星辰大海的氣勢出門，一路風平浪靜，我和主將學長由北到南吃喝玩樂欣賞當地景點風光，除了主將學長不讓我喝酒只能他自己小酌，溫泉也一起泡了，夜晚相擁入眠……睡眠品質非常良好，畢竟難得的自由假期裡主將學長一早還要起來開車。

似乎哪裡不太對勁。

儘管旅遊的魔力與完美旅伴讓人暈陶陶，但我眞正的目的似乎在檣櫓中灰飛煙滅了，主將學長說由我主動，他眞的完全被動，毫無一絲絲禽獸化的跡象。

你說這廝怎能這麼會忍——這種念頭也不是沒讓我動念玩弄主將學長的忍耐極限，一看到那雙眼睛，怎樣也不像溫柔苦忍的眼神，只有等待裁判喊「開始」的深不可測，我每次都有賊心沒賊膽又縮回去。

直到我們回到老城堡休息，除了滿車紀念品外我沒能在主將學長身上掛上任何徽章。

照舊徹底檢查屋裡屋外，做些例行性的除穢動作，其實術士的房子就在隔壁，老城堡和「虛幻燈螢」都可說是都鬼主勢力庇護下的安全據點，但我還是習慣親力親爲。

一連串手續結束後，我的眼皮已經快黏在一起了。

「學長，我去房間用電腦和大家做安全回報。」我對坐在客廳沙發上看電視新聞的男人說。

他發出唔的一聲表示聽到。

老城堡的產權轉移到主將學長手中後，他大方提議讓我免費續住，當作我不收他屋款利息的報答，本來想把許洛薇和我的個人物品打包轉移後再交屋，主將學長卻說反正他暫時不會動用那棟房子，保持原樣即可。話是這麼說，總不能讓主將學長睡沙發吧？老城堡裡目前閒置的客房就在我的房間對面，唯一短暫住過的人是戴姊姊，但她搬到崁底村後沒留下任何私物，對當時還未和主將學長正式交往的我，臥室面對面的感覺實在過於曖昧。

經過一番討論，我決定搬到一樓主臥房，重新整理許洛薇遺物，讓房裡呈現一人一半的樣子，至於主將學長則搬進我從前住的地方，也是二樓坪數最大的臥房，除了不像一樓主臥有專屬浴室，其他硬體條件完全不輸玫瑰公主的寢宮。

我的破筆電早就陣亡了，取而代之的是配備齊全的新桌機，讓我偶爾回老城堡時也能繼續工作或玩網路遊戲。每次回來我總是習慣性地走到屬於玫瑰公主的那一半空間，打開梳妝台上的精油，讓房裡充滿她最喜歡的薔薇香氣，彷彿回到大一宿舍時期同起同臥的青春歲月。

「已經快十年不見了。」和許洛薇道別卻像是昨天才發生的事。

一一和親友報平安，又被扯著閒聊八卦後反而沒了睡意，渾然不覺一個小時就這樣過去，主將學長應該洗完澡了，我決定做點宵夜犒賞他和自己。

當大人物的好處是，能夠派手下採買當日新鮮食材提早塞滿冰箱，我起碼要在老城堡和「虛幻燈螢」裡擺爛三天休養生息，順便幫刑玉陽維護一下他的避難所。

「學長，宵夜你打算吃……什……麼？」我走到客廳頓時消音，男人躺在沙發上沉睡，連鞋也沒脫，一隻手還垂到地上。

猛然理解主將學長爲啥對我的浪漫攻勢無動於衷，他當然不可能在陌生旅館外加勢單力薄的旅途中放鬆戒備，或許這幾天他不是醒得比我早，而是根本沒熟睡過。

躡足走到沙發邊蹲下，我盯著主將學長凌亂的襯衫線條，在他當警察的那些年月，有多少次他是這樣維持鐵人形象，一個人回到家倒頭就睡呢？

「人家不是故意惡作劇啊……」抓抓頭髮，我也是掙扎苦惱了好久。

看著此刻安靜溫馴的主將學長，我忽然湧出一股衝動，懂了王子為何會親吻睡美人，儘管主將學長比較像噴火惡龍，但他是專屬於我的龍。

手掌很自然地放在男人的大腿，作爲登陸點很合適，萬惡的小手像爬進伊甸園的蛇般一路往上，此時此刻，我強烈認爲自己應該替許洛薇實現遺願，有些事總是需要某個人去做，顯然我就是命運指定的勇者。

我眞的沒有特別喜歡腹肌，認眞地說背肌還比較……好啦！主將學長的胴體依然不同凡響，橫看成嶺側成峰，遠近高低各不同——人家又不是中文系爲何不由自主掉起書袋？

比起堅實強健的手感，我更喜歡肌膚的溫暖，但我還是設計系職業病發作，用指尖將六塊肌都描了好幾遍，以後好在許洛薇的誕辰忌日各畫個幾張燒給她。你說實物照片更佳？想太多，那頭丟下我不聞不問的妖貓不配吃這麼好！

明明沒喝酒，腦袋卻愈來愈暈了，手掌往上，由於自己的心跳實在太大聲了，我下意識按著主將學長的胸，想知道他的心臟跳得如何，可能是胸肌太厚的緣故，我沒摸到心跳，指腹冷不防碰到發硬的小顆粒。

爬山摸到三角點後意味著可以撤退下山了，我打了個冷顫，忽然意識到某個bug，一個人如果正在熟睡，肌肉應該是放鬆的，怎麼會摸到冰塊盒呢？

腦海裡響起鬼片音效，登時石化的我孤注一擲小聲問：「學長……你睡著了吧？」

「沒有。」男人眼睛仍閉著，回答得清晰有力。

我閃電般企圖抽手，卻被主將學長隔著衣服壓住，登時有種被捕獸夾咬到的感覺。

「你醒著爲什麼不說？」我隱忍且悲憤地小聲問，蘇晴艾的一世英名啊啊啊啊！

「只是閉目養神，妳一問我不就回了？」主將學長張開眼，眸光異常閃亮。

一不小心竟然就進入推尾王戰鬥了？換成許洛薇會怎麼辦？

儘管事前有過許多沙盤推演，我還是下意識求助好友的指引。事關女人的面子，不能喪失主導權！她一定會這麼說，女色狼或淫火蟲又怎樣？讓暴風雨來得更猛烈一點吧！

這一次再逃避，我這輩子都看不起自己，但但但是，人家也想有比較帥氣或色氣的開場，這種被釣魚執法抓現行犯的畫面好丟臉！退後一腳偷偷踮步，猛然使勁想抽手，完全沒用！主將學長甚至連搖晃一下也沒有！我整個人都不好了。

「我……我……」

「慢慢說，我在聽。」主將學長氣定神閒道。

這些年的族長生活已經養成我凡事愛裝逼的不良習慣，尤其是在主將學長面前，面子就是生死大事，想到這裡，我本來就岌岌可危的理智線啪的一聲斷了。

「我——我也有女生的正常需求！」很好，蘇晴艾，辯才無礙說的就是妳！

主將學長歪了下頭盯著我，這個小動作微妙得讓我瞪大眼睛不敢亂動。

「可以，繼續。」他說。

「學長，你先鬆手我才方便接著做呀！」我聽見自己的聲音像預錄好般流暢接話。

「妳還有左手以外的其他部分。」

人生眞是太艱難了。

竭力壓抑著下跪認錯的衝動，今晚一定要登陸成功！我這些年可不是白活的！

我撐著他的肩膀，在主將學長嘴唇上親了一下，他似乎很高興。

「剛旅行回來，應該先洗澡，一起？」反而共浴的回憶還比較溫馨不緊張，容我再混一回合！

「不趕時間，妳要吃點東西嗎？」主將學長總算大發慈悲還我自由，雖然是在他把著我的手重複整個非禮路線還問我滿不滿意之後，我的手腕都已經露在衣襬外了他才鬆手。

可惜剛剛發生的一切太過刺激，我現在腎上腺素爆炸完全不想吃東西，機械地搖頭。

「那就去洗澡了。」

「好。」我愣愣說完還是動也不動。

「小艾，如果妳還沒準備好，那就別勉強。」主將學長說。

聽到這句話，我當下有點生氣，一直很認眞準備了，到底怎樣才能算準備好？我只差沒丟出一句「給你錢，快點做」。話說，哪有第一次就要女生主動的男朋友？

忽然冒出某種懷疑，其實不敢的人不只是我，也包括了主將學長？接吻以上的愛撫，主將學長總是節制到有閃避嫌疑，他對我的親密動作比起感受更像在表態，爲了避開所有我的雷點，他無條件投降，聽任我的指揮。

我們會不會就這樣蹉跎到變成老爺爺老奶奶，就因爲這個搞笑的原因？偏偏我沒經驗，他的經驗也不多，時機總是抓不準。

我決定坦白自己的困難。「這種事應該先由有經驗的前輩帶領比較好吧？」

「我以爲這種事小艾懂的應該比我多。」主將學長說他不喜歡看沒感情的A片，工作上又必須接觸很多醜惡影片證據，搞到都有點冷感了。最過分的是，他又提我硬碟收藏的不可告人庫存，兩年夠主將學長把我的喜好研究透澈，甚至大家憂傷之餘為解悶都來翻我的電腦，我只能把破罐子磨粉了。

主將學長唯心論又挑食，這種吃不到想吃的寧可餓死的態度，導致我最後還是拗不過他。

「紙上學來終覺淺啊學長。」我語重心長地說。而且就算經驗對象不多，很可能只有筱眉學姊一個，但主將學長本質上就是個技巧派，我絕對不會低估他的技能目錄。

話說回來我果然還是不嫉妒學姊，個人對推王成功的前勇者總是敬佩居多，而且那段經驗大概也讓主將學長更明白上過床眞的不算什麼，如果不能從生活點點滴滴讓我依戀，我們到頭來還是走不下去。

我很高興自己第一次對象就是凡事愼重且細膩到可怕的主將學長，但要如何傳遞這份心情？相較於我對主將學長的信賴，他在感情方面眞的很不信任我，到現在還是把我當成喜怒無常的小孩子。

「學長，我現在就渴望你……用講的不行嗎？」我將臉埋進他的肩窩說。

聽到他喉頭上下滾動吞嚥口水的聲音，我索性加碼咬了下鎖骨然後含住該處開始磨牙。

「小艾，不要玩火……」

惡俗又經典的男主角發言，難怪大家都喜歡，果然好帶感！「如果說我偏要呢？」

「那就不要停，否則眞的很讓人生氣。」主將學長再次正常發揮，他說不要玩火的意思是不要煽動他罰我伏地挺身的怒火。

我飛快評估一下，目前仍是看不到主將學長獸性爆發的跡象，他的慾望就像沸騰的岩漿，是連我也能感覺到的龐大熱情，搞不懂他爲何堅持壓抑，我都說ＯＫ了不是嗎？

「我不是很明白，但有某種感覺，必須由妳抓住我，才能滿足我的饑渴。」主將學長五指輕勾著我的後頸說。

如果又是前世的鍋，我蘇小艾揹了！誰教前世的我高不可攀到讓前世的他灰心絕望選擇放棄，這種討厭的ＰＴＳＤ才不適合我的主將學長！

我一個熊抱摟住他的腰，把他壓倒在沙發上。「我抓住你了。」

原來要用聽的才能發現主將學長的心其實也跳得很快。

「但今晚我想看你示範，你不主動就是不給我面子。」嘴巴自動胡說八道了，救命！

他發出一聲不知是喜是悲的嘆息。

「說幾次都可以，我要的是你，而且以後還有很多事想要和你一起做，我一直叫你『主將學長』，不是因爲習慣，我不信你沒發現這件事。」很久以前我就偷偷按自己喜歡的方式醞釀了，一點點的親暱加上前後輩羈絆的稱呼，像是在說無論畢業多久，以前一起練柔道的關係都不會改變，他永遠都是我的主將學長。對不起，連專屬稱呼也這麼俗辣，但我只是缺乏勇氣，又不是腦死，偶爾也想陶醉一下。

「我知道。」主將學長說。

主將學長冷不防攻守互換翻身撐起，我到底不是和他比摔角，很自然鬆手仰躺，沙發……也行啦！

豈料主將學長完全退開來，就沒一個動作是我能預測成功的嗎？下一秒我被他打橫抱起往浴室走。

「尊重妳的提議，我們在浴室開始新手教學。」主將學長衛生觀念非常好，等裹著浴巾被他抱出來時我的臉頰已經跟猴子屁股一樣紅了，讓我最害羞的不是燈火通明地探索剛剛攻頂疏漏的山腰風光，而是他非常小心地紮好我的長髮避免不慎打濕，呢喃著他沒有替我吹乾頭髮的餘裕了。

「等等，方向不對，樓梯在另一邊。」主將學長的房間在二樓，他分明直直往一樓主臥室走。

「沒錯，我本來就要在這棟房子，這個房間裡，做我想了很久的事。」主將學長用腳頂開門，滿室玫瑰香氣頓時將我倆包圍，我是不是又挖坑自己跳下去了？

被放在雙人大床上，他不急著壓上來，反而掬起我的一縷白髮輕吻。

「許洛薇曾經用妳的身體強吻我，身爲好朋友，不賠償嗎？」

主將學長果然認爲我的初吻抵不過他被女鬼附身舌吻的心理陰影，而且忍了這麼久的利息一天都沒落下，我忍著哽咽同意：「賠。」

問怎麼賠就太不上道了，我好歹也活到這個歲數了，再讀不懂主將學長的意思簡直無顏苟活於世。「次數加一，不能更多。」

「好吧！」他的食指從我的鼻梁直直滑行到胸口，什麼都還沒開始做，我已經快喘不過氣。

「我沒在房間放防護用品！」不是故意煞風景，但緊要關頭才踩香蕉皮不像主將學長，偷聽他結紮的祕密我還不想曝光，等主將學長哪天願意提再感謝他也不遲。

「放心，我說過不趕時間，等等去客廳拿就好。」主將學長施施然回覆質詢。

接下來的發展讓我深刻認識到，蘇晴艾的九局下半對這個男人而言還談不上暖身，雲泥一般的體力落差。話說回來，這一點主將學長比我更委屈就是，二十五歲前我好歹還可以陪他過招嬉戲，崁底村之戰後我直接一覺滾回新手村。

無論如何，主將學長在過程中非常溫柔，完美的表現正符合新手需求，又一座新的人生里程碑被我順利通過，至於他遠遠沒吃飽的遺憾，只能說來日方長，本來就具備神聖屬性的我，容易滿足外加輕鬆切換聖人模式完全不需要意外。

「小艾，來日方長，妳說的。」主將學長重複我那四個字時，表情又開始深沉了，但他再深沉也比不上我血條見底的慘淡事實。

「學長，洗冷水澡會感冒，憑你的程度打坐就夠了。」保命優先沒空害羞，我有預感以後這種對話恐怕是家常便飯。

結果被一股腦兒抱在懷裡的我，發現他慢慢平靜下來了，海嘯竟能後退消失，眞神奇。

不只是因爲愛情，過去社團時期的歲月靜好，再相逢之後患難與共，無論風雨雷霆或晴空萬里，我想和主將學長一起邁向人生盡頭，他則會陪我煩惱種種大苦因緣帶來的麻煩和新奇體驗，共享各式各樣的稀有羈絆。

學長，你跟我都不會再拋下大家獨自離開了。

眞人的存在玄妙奧祕，前世選擇的宿命確實偉大不可思議，然而，我也有自己小小的願望，當個知情懂愛的凡人，對著那個令我歡喜期盼的人，牽起他的手不離不棄。

尾聲

從植物人狀態醒來一年後，我幾乎恢復日常生活，持續運動、吃藥外加卯起來養生，避免過度勞累，反正超能力和陰陽眼都沒了，就是個比較虛弱的普通人，至少不用再擔心自己隨時會猝死。

只剩顧問兼吉祥物功能的我還是沒能推掉族長大位，生活中最煩惱的事是堂弟蘇星波正在倒數計時的一年壽命，壽限過了人還活著的例子也不是沒發生過，這邊仍是只能等新機緣到來或大限之日再看著辦。

我把兩間酒莊所有權交給葉世蔓，轉職最大股東，過起坐領股利的糜爛日子。誰教葉世蔓釀酒天賦和積極性都比我好太多，年輕力壯又是眞．養子，去許家的次數遠多於我。

倒是透過民俗儀式正式拜了許洛薇父母當乾爹乾媽，現在我和玫瑰公主也是名義上的姊妹了，只是不打算接受能過繼財產的合法身分，許家上一代豪門狗血恩怨有葉世蔓參戰就好，我等著看好戲。

結果拐了個彎，殺手學弟的企管專業又用上了，雖說他沒變成邪佞總裁少東，許爸爸起碼可以繼續縱橫商場三十年，但我支持葉世蔓跟許家兩位強人學習順便見見世面，哪天心境改變，也不見得非得在崁底村隱居一輩子。

刑玉陽不停打怪升級，現在已經會用一些讓人嫉妒的酷炫法術，我跟來崁底村作客的靈異族群解釋他真的不是出家人，這些妖/鬼/道士法師硬是不信，不停追問他什麼時候要開宗立派跟張天師尬一下。

主將學長不放心我，不知推掉幾次長官戰友求他歸位的殷切呼喚，在村裡陪我閒散度日的主將學長看起來很平靜幸福。但這樣真的好嗎？我不只一次思考這個問題，且我的夜晚總是太不平靜，得想個辦法改變現況。

許洛薇依舊音信全無，我透過各路小道消息得知新任境主考核終於正式展開，具體如何測試又將持續多久則是天界機密，這邊我只能默默替她集氣。

薇薇，是妳說要在人間跟我當室友，那就好好修行考上天界公務員別給我丟臉啊！

這天主將學長又陪我繞著村子散步巡邏，那些前世真人曾經放下白髮作爲標記和堅牢地神約定的位置，全透過蘇永森的見證蓋起小土地公廟，作爲當事人的我時不時要去上香祈禱感謝一番。

「小艾，妳現在在想什麼？」主將學長將手搭在我的肩膀上，我正停在路邊觀察蜻蜓，不知不覺發起呆。

「『未曾生我誰是我，生我之時我是誰』，一個禪宗公案。」這是很有名的順治皇帝出家詩，問題很直白，答案卻撲朔迷離。

「又在煩惱前世的事嗎？」他彎下腰來和我並肩看著那隻停在葉子上的蜻蜓。

「不太算啦！我在想哥哥……刑玉陽的前世，然後覺得自己以前的猜測可能都搞錯了。」

經過親友證詞的交叉比對，他們從沒見過白眼或類似存在，因此刑玉陽前世大概不是與眞人同一時代的人物，既然如此怎會擁有我與主將學長的關鍵交情呢？難道眞是天界派來監視主將學長的轉世？

我可以把自己和主將學長的前世拋諸腦後，刑玉陽的轉世軌跡卻不能不管，他的能力實在太顯眼，又選擇降妖伏魔之路，種種特徵根本不能說與前世無關。

「哪裡搞錯？」

「就像媽祖娘娘們監視葉世蔓長大，我有想過他是不是被派來監視你。」

「不可能。」主將學長秒答。

「學長你的根據在哪？」

「那個天界連葉世蔓何時投胎到誰肚子裡都無法預測，阿刑的生日還早我十三天。」

「……好像是這樣齁。」呃啊！長達十年的推理又被打臉了，我心中淚流成河。

我開始動搖是從「虛幻燈螢」歇業，刑玉陽獨自去修行這件事開始，假使刑玉陽眞是被派來監視善解眞人的大弟子轉世，首先白眼就不該覺醒，超能力的影響會讓刑玉陽一開始技能樹點法和生活習慣就跟主將學長背道而馳，間諜總該低調跟蹤吧？刑玉陽合理的發展更像是當檢察官或社會記者之類。

「所以他到底是誰？」和刑玉陽這個人愈熟就愈想八卦，尤其是在我的親友幾乎都解鎖前世祕密之後。

「我覺得不重要，不是壞東西就好。」主將學長果然戴著好友濾鏡表態。

「說不定他身繫重要使命。」仔細想想刑玉陽的人生軌道相當王道，很像那種滅世危機時會變成主角一行導師的類型，至於爲啥不是主角，只能說三十六歲還是人設超齡了。

我瞟了一眼主將學長的反應，他居然對這麼有趣的話題興致不高，該不會這也是某種早知內情的前世慣性？無論如何能確定刑玉陽和我與主將學長都很有緣。

「那你覺得刑玉陽下凡的目的是啥？」

「也許是來度假和了結恩怨吧？」

主將學長的無心之語居然很有眞實感，我不禁覺得似乎就是這麼回事。

「薇薇的話搞不好就會猜他是來談戀愛的，只是還沒遇到眞命天女哈哈！」我跟著吹完才猛然意識到，身邊這尊還眞的是來談戀愛追老婆的。

果然主將學長接著就撥過我的臉，兩人目光相對，嘴唇被他的大拇指輕輕摩擦，我登時面紅耳赤。

「這麼說來，我幸運多了。」主將學長說。

「嘿嘿。」

「小潮說妳死後就不會認帳了，要我趁現在把想做的事都做一做。」氣氛正好時，主將學長冷不防一箭穿心。

我還在想要怎麼教訓蘇星潮這外萌內黑的小鬼，主將學長又補充：「這大概是他終於認可我當姊夫的意思。妳眞的會不認帳嗎？小艾？」

我撲進他的懷裡，抱著主將學長的腰。

「學長，我們趁現在把話說清楚。」

「好，妳說。」

「不管前世身分，我這輩子就是凡人，話是說得很好聽，但凡人的意思是，生前死後都不由自主，那不是我能支配，也不是我想支配的領域，如果我眞的想干涉生死，就應該跟大家一樣修行提高能力或喚醒前世記憶，但那樣蘇晴艾就消失了。」所以我剛剛才會在想順治皇帝的那兩句詩。

「同意。」主將學長將我擁得更緊。

「在我有生之年，想和學長好好地過，因為時間真的不多。倘若我們之間有一個先死掉，拜託答應我，不要再去找『丁鎮邦』或『蘇晴艾』這樣的ＩＤ好嗎？無論是招魂或傀儡還是生祭法。」

他沉默不語，半晌輕聲問：「那具都鬼主製作的替身怎麼辦？」

我老實回答：「其實我是想給小波用的，這樣就算只剩下魂魄也比較安心吧？」

「妳這麼做不是自相矛盾？」

「哪能一樣？我有自己的人生，目前也很幸福，可是他和小潮一出生就幾乎是為了活到壽限而活著，我有預感他的使命和緣分還沒那麼快結束。」

「真的不留戀嗎？」主將學長不高興。

「要是死掉以後我的人格還是現在這個，我當然是想留在大家身邊……特別是學長身邊，總之我不想投胎啦。」差點嘴快說出還想去找許洛薇，現在我也是個圓滑的社會人了。

「嗯……」他似乎在衡量這個答案的含金度。

我不得不下猛藥。「萬一學長先死，還變成前世那個你，你希望我買帳嗎？」

「不用。」主將學長反應果決。

鬆了口氣，就是這個答案，才會是我喜歡的主將學長，但他的情緒仍是鬱鬱的。

「就像線上遊戲登入相同帳號，但每次打怪和任務的經驗不一樣，不會因爲誰先仆街就再也見不到了。別聽小潮亂講話，我覺得不管哪個我，都不會丟下你不管。」

「如果死後我們沒變的話，還能繼續原本的生活嗎？照妳的說法，使用丁鎮邦和蘇晴艾的ＩＤ。」主將學長問。

「當然可以，不如說本來就是這樣。另外比起老公公老婆婆的身體，魂魄還比較方便，出國就不用買機票啦！」我說。

爺爺奶奶就是延續這種模式，現在還住在陰間，難怪主將學長會這樣問。

「約好了，不許反悔。」主將學長開心了，撫摸我背部的節奏也變得危險起來。

忽然想起大事還沒解決，我掙開男人的甜蜜糾纏。

「報告學長，我想要個刑警老公。」

他怔了怔，再度抱住我，這次我雙腳都離地了。

「但這樣我們就不能天天見面。」

當然囉，這就是我的目的。

「一星期當兩天幸福人妻我就滿足了。」

「剩下五天呢？」主將學長扁眼。

「思念老公的已婚婦女。」我眨巴著無辜的雙眼。

「我喜歡這個答案，雖然沒誠意。」主將學長單手抱著我，另一手在我屁股上打了一下，我發出低吼表示不滿。

「要說真話嗎？學長，我也是有那方面的喜好，不過夜夜笙歌真的不是我的菜！」

主將學長乾咳一聲。「也沒有真的每天……我不是保證過，妳不想要可以隨時拒絕。」

並非真心不想要，男朋友太撩人也是個問題，本來可有可無的事被主將學長的熱情一焚燒的確成了讓人著迷的快樂，加上我的身體情況恐怕十年內都不太可能讓主將學長吃飽，愧疚之餘更想在能力範圍內招待他。另外我同意筱眉學姊說的男人保存期限很重要，既然我更重視主將學長的心靈，以後柏拉圖戀愛的老年生活對我來說一樣美好，不如現在就對主將學長好一點。

以上是我曾經的豪情壯志，事實證明，跟主將學長這種怪物在床上打腫臉也充不了胖子。

「我覺得是我們都太閒的緣故。」我悲傷地說。

「我知道妳在那方面的喜好。」主將學長石破天驚冒出一句。

怎麼可能？我瞪著主將學長。騙誰啊！你沒一次照做的。

「從頭到尾在一小時內結束，最好還有餘力吃宵夜熬夜看小說。」主將學長流暢陳述。

我不知道他如何推敲出來，總之該死地準。

「丁先生，可以請問你不配合我的理由是？」

「那樣不健康，還不如跟我一起有氧運動然後睡飽一點。」

他的話聽起來似乎有道理，但我總覺得不太對勁。

「看小說不熬夜沒FU，現在我想睡就睡根本沒有睡眠不足的問題，另外我也沒有天天熬夜。」

主將學長沒反駁我，直接親上來。

「公然放閃是……唔……犯法的……」我掙扎著換氣。

「就妳這肺活量還好意思說睡眠充足。」主將學長不屑。

「我打算去學游泳了，筱眉學姊說她可以教我。」

「讓她教可以，但張拓人要在，還有叫她不許穿比基尼。」

主將學長你提防的方向好像不太對吧？我已經放棄糾正了。「所以到底要不要結婚？」

「小別可以，新婚不能省。」主將學長到底也受不了繼續無給職的人生。

我搭著主將學長的肩膀正色道：「我不想管事了，但也不想看到學長在蘇家被指手劃腳。

哥哥在外冒險，你難免會擔心，幫忙需要時間和資源，大小事都要先和蘇家協調，就算是你也會煩。」

「學長就做你喜歡的工作，有需要時再叫我支援，這樣我們兩邊都不無聊。還有你在我當族長時就一個禮拜去崁底村不只兩天了，沒道理現在做不到吧？要是刑警眞的當膩了，就提早退休一起遊山玩水。」兼打聽許洛薇下落。

「聽起來很美好。」

「對嘛對嘛！不用升官，也不要太拚，有一份穩定薪水就夠了。」我加把勁鼓吹。

「我已經和長官談好復職的事了。」主將學長不忍心我繼續浪費時間，乾脆揭破眞相。

「……那你吊我胃口是什麼意思？」

「想知道妳厭煩我的程度。」

「我哪有厭煩學長！」我用力搥著他的肩膀，眞的生氣了。「只是想要一點私人空間也不行嗎？」

主將學長連忙哄我開心，答應帶我去鎭上的麥當勞，生機飲食有時候眞讓人抓狂。

「我也喜歡私人空間和能發揮專長的工作，謝謝妳，小艾。」目前的平穩不知還能持續多久，主將學長其實極有危機意識，他本來就不可能滿足做個被包養的無業男友，哪怕我的保鑣不是誰都能當。

「那戒指可以先給我嗎？」我興致勃勃地問。

「我想先登記，等賺到三個月薪水買鑽石戒指再補辦婚禮。」

「幹嘛浪費？不是有『那個戒指』了嗎？」玫瑰公主給我的遺產之一，就是用她的骨灰重鑄的生命寶石，還押寶借給主將學長用在求婚場合助攻用。豈料主將學長傲氣驚人，硬是磨到由我主動求婚。

「小艾，我的份呢？」主將學長說完無言地盯著我。

好一陣子後我才反應過來問題癥結點。「對喔，不是對戒。」主將學長太懂我了，婚後我會天天戴著的一定是玫瑰公主的化身戒指而非婚戒，不喜歡戴飾品的我一個戒指就是極限了。

「又不是西洋人，我爸媽也沒在戴婚戒的，貴重珠寶都放抽屜。那今天就先把薇薇的戒指給我吧！我等好久了。」都怪許洛薇說那是求婚專用道具，以前我提都不敢提，結果因爲更無聊的原因主動升級和主將學長之間的法律關係。

「不行，等我們之間的婚姻確定合法之後。」

「呃……求婚戒指不就是結婚前戴的嗎？」我有點傻眼。

「但我希望妳接受的是我的戒指，許洛薇那枚算附贈。」

主將學長的表情像在說不管我戴不戴，反正他就是要買自己順眼的戒指。其實他眞的要求我也能配合，頂多就是兩個戒指串成項鍊來戴。

「學長你能不能對我有點信心？」

「再說。」

沒能靠美人計得逞的我，忍不下這口氣，當下拉著主將學長到戶政事務所，全程搞得跟私奔沒兩樣，主將學長難得沒否定我的任性。我和主將學長之間的關係，眞正可以說婚姻只是一張紙，這張紙若能讓他開心，又何必吝嗇？

沒和主將學長說過，其實我夢見過他的前世，只是我沒發現而已。

當初蘇亭山綁架許洛薇時，我和主將學長一同旅行調查，途中我在旅館裡留下遺書發動ＡＲＲ超能力，沒能鎖定術士，卻夢見一段詭異黑暗的幻象，後來很長時間裡，我一直將那個荒涼饑渴的黑暗之夢當成大苦因緣一部分，畢竟這種無法確認所屬的細節斷片有很多，卻忽略主將學長當時中了迷藥在我身邊昏睡，我最有可能感應到的就是他。

直到主將學長說他有種無名的饑渴時，我才猛然連結起這段過往。

仔細想想，我夢見的內容就算不是眞正的地獄，也是和地獄沒兩樣的遭遇，以至於在無名氏魔王告知前世大弟子自殺的事後，我仍是沒將那段資訊跟黑暗之夢連結在一起，畢竟主將學長那麼閃閃發亮。

夢裡的我變成了他，除了饑渴之外什麼感覺也沒有，那段記憶到底發生在前世的他遇見師父之前，還是在他墮落地獄之後？無論如何都意味著善解眞人與大弟子之間的過往珍貴到難以言喻。

並非輕賤前世意義才去否定久遠前的身分與羈絆，而是今生我要給主將學長幸福就必須保持純粹的自己，至少我不會讓輪迴再度重蹈覆轍。

「小艾，怎麼哭了？」

「我不是放棄你的前世，只是討厭翻舊帳，你懂嗎？」

我翻過上一頁了，也明白有個痛苦魂魄走過難以想像的深淵，重生成身畔這個適合與我相知相守的男人，但現在這個我對他的前世無知無感也不承認過去的關係。

主將學長抱著我的肩膀，低頭在我額角吻了一下。

「之前回來打醬油的老二看不起葉世蔓，還有小潮無聲無息死掉換成後來的小千，明明是同一個魂魄，對凡人的那一面卻都接受不了，就像……還困在前世一樣。」我悶聲說。「我不想要學長也變成這樣。」

「那是他們智商不足。」主將學長說。

「照你的說法，上輩子第一個跳船的老大應該最弱智。」我戳著他的腰。

「也許有什麼苦衷？管他的，反正不記得就算了。」主將學長是現實主義者。

我也不會讓主將學長有想起來的機會，決定結婚不是一時衝動，而是我要幹一件善解眞人絕對辦不到的事——主動佔有他，也只被主將學長一個人佔有。

「先斬後奏結婚，回去一定會被大家罵，學長要不你頂著先，我回娘家避避風頭。」

「妳的娘家到底姓蘇還姓許？」主將學長哭笑不得問。

「今天娘家姓許唷！」我比著大拇指。

「我也去。」

「確定要一起逃跑？老實說學長你去哪邊都可能被揍，不然你回老家好了，丁叔叔和張阿姨頂多怪我拐走你。」

「揍許家的保鑣我不會內疚，另外，我爸媽只會怪妳拐得不夠早。」主將學長蹲下來，我從善如流爬上他的背，讓他揹著走。

夕陽下，我們的影子疊在一起，拖得很長很長。

《玫瑰色鬼室友》全書完

番外篇 ╲ 善解人意

第一話 真人殞落

遠古之時，神人與妖魔爭鬥不休，後世所謂人類在當時只是被稱爲「倮蟲」的低下動物。曾幾何時，倮蟲這種動物迅速進入文明開化，尤其擅長模仿神人，甚至發明種種華美的織品陶器，習得神人的強大法術，愈來愈多存在稱其爲類人之種，特別聰明的倮蟲也以「人」自居。第一批生於倮蟲中卻得到不亞神人力量的修行者被稱爲眞人，眾生咸認爲眞人爲神人投胎或混血，顯示人類將不再歸屬於禽獸，漸漸成爲大地上某種非神非獸的特殊生靈。

當時，地獄尚未開啓，人類數量在眾多天敵獵食下仍然稀少。

有位無名眞人目睹此界罪惡積重，業力將感應地獄前來呑噬罪魂，隨即廣收徒弟。他所挑選的徒弟皆是業障纏身的怪人，或無惡不作、或生來只能食糞、或似人似畜嗜血殘酷，皆是些命終當墮地獄的窮凶惡極之輩。

罪人們學著修行，原本纏縛在身上的無邊業力出現鬆動跡象，似乎能看見投胎的希望，不知何時伊始，眾生稱呼那位作風古怪的眞人爲「善解」。

「你當那眞是個好名字？那是神人嘲笑師父是傻蛋，明明可以獨善其身超凡入聖，偏偏要沾染咱們的業障，作繭自縛。」善解眞人的徒弟們這樣說，他們從不呼喚善解這個明褒實貶的稱呼。

無論如何，善解眞人的神通力確實不同凡響，他總是能找到最可怕又最可憐的人兒，爲其承擔煩惱，同時把對方延攬到自家門下。

「總是把獵物抓回來丟著就跑！」善解眞人的徒弟們嘴上這樣抱怨，教育後輩的工作還是做得很認眞，認眞到新人晚上偷偷在被窩裡哭泣。

傳說，善解眞人性別不明，就連容貌也不明，這種情況在遠古時代很常見，但眾生總是八卦的。

「唉，偷看師父洗澡的人不分雌雄都被脫光吊在樹上，不過師父的臉蛋眞的長得不怎麼樣。」徒弟們從來只在心底說這句實話，這樣才能騙到無知實驗品前仆後繼。

關於善解眞人最有名的傳說是當他收滿一千個徒弟，所沾染的諸多惡業與揹負的相關因果將會召來死劫，就此道消身殞。

眞人的徒弟們面對這道預言只是沉默，之後發瘋般努力修行。

□

邊荒海島一隅，閃閃發亮的貝殼沙岸，遠處海天同色，鎔鑄成一面無邊無際的琉璃鏡。叢林深處，一雙殷紅獸眼注視著島嶼日日夜夜的微小變化，在「牠」的地盤上沒有任何祕密，當然包括大海偶爾會送來的奇特之物，打牙祭的時候到了。

牠收起翅膀，貼地潛行猶如一道樹影，有時還能扎進水裡游泳捕獵，身上一切演化都是爲了獨自存在也能飽腹安逸生活。額有長角、一身火紅毛皮並有鱗翼刺尾的長脊野獸無聲無息來到水岸交接處，低頭望著半躺在水裡的嬌小人兒。

「倮蟲嗎？又是白毛，都吃膩啦。」牠抽抽鼻子，「怪了喵，這隻倒聞不出公母年齡，還有穿衣服。」野獸自言自語。

無論這些倮蟲——後世的人類毛皮顏色各異，唯獨純白是最典型的病態異常，天生弱視外加皮毛過於顯眼，這種偶然誕生的缺陷品種往往會被同類放在小舟上推出海，水流則會將這些祭品帶到牠所在的小島上，不費力就有小點心吃，這是凶豸看上這座島定居的主要原因。

這隻白毛有點不一樣，首先，他的短毛泡在海水裡居然沒塌，依舊軟蓬蓬，其次衣服也沒濕，再來就是牠聞不出白毛身體資訊，說不定他是看似倮蟲的某種異形，也有那種會變成弱者捕食目標的怪物。

牠實在太無聊了，忍不住伸出爪子逗弄這隻可疑祭品，看看他會不會忽然冒出觸手之類。

小白毛連睫毛也是白的，稚嫩的五官和手腳，圓圓軟軟的臉頰，大概是普通幼年裸蟲十歲左右，剛好是牠可以一口吞掉的大小。

忽然間，小人兒張開雙眼，雨後青草般的碧綠讓牠一瞬看得目不轉睛，白毛通常是淡淡的紅眼或藍眼，驚慌無助的呆滯眼神，赤紅異獸不曾見過如此鮮濃的綠，深海似的沉靜，讓牠想起曾經舔過的甜美露水，忍不住垂下脖子想試試味道。

幼小白毛抓住一根觸鬚，牠愣了愣，想到倮蟲的力氣連牠一根觸鬚都拉不直，並未放在心上，白毛開口說話了，輕柔聲音帶著一點催眠的感覺。

「這是哪裡？感覺像是南方群島，睡覺時漂了這麼久，沒想到還能遇到會說話的貓咪，真是命運的相逢，我可以拿點紀念品嗎？」

牠第一次聽懂倮蟲的話，不對，是這隻白毛主動用牠聽得懂的方式說話，牠敏銳地發現這點異常。話說回來，紀念品是什麼意思？

下一秒，小手輕輕扯動，野獸臉上襲來一道鑽心刺痛。

「喵啊嘎——」

小人兒抓著一條比身子還長的鮮紅觸鬚，一臉心滿意足。

這就是善解眞人與凶豸的初次邂逅。

□

無數群島星散的南方巨洋，凶豸強壯的雙翼與游泳能力正是牠能吃空一島資源再遷徙另一島為王的證據，在靈智未開的原始生物中，牠凌駕眾生的姿態儼然已是神靈化身，連名字也沒有的凶豸卻只想得過且過。

認識善解眞人後，最大的變化是，牠不再遷徙到距離太遠的島嶼，哪怕資源更豐富，甚至盡可能延長在同一座島生活的時間，就算搬家了也千方百計留下各種路標記號，凶豸不承認牠擔心某個毛頭混蛋下次來找不到自己。

有時距離數月，有時相隔數年，善解眞人不定期會跟著海浪漂到岸邊找角翼貓玩耍，要不是每次眞人都像撒餌似引來一大群海鮮，凶豸早就把這個特愛玩弄自己的混蛋啃了。但是善解投餵得好，凶豸又覺得看在食物份上不必計較太多，二度不承認是自己打不過這混蛋的問題。

善解眞人並不是唯一主動找上門的外來者，套句毛頭混蛋的形容，凶豸就是蹲在南海群島角落上的稀有菁英怪，等著被玩家抓去當寵物或者殺掉變成素材。

「我只想歲月靜好，天界那些腦殘非得逼我獸血沸騰，我只好讓他們知道誰才是爸爸，怪我囉？」囟彡從善解眞人那邊學到不少感覺非常高級的辭彙語法，據說是異世界流行語，唬得上門挑釁的敵人們一愣一愣挺有成就感。

「肥仔傻乎乎的，不知道自己多搶手呢！」善解笑道。

「那你怎麼不要我？」囟彡不知怎地衝口而出，看見善解愣住，訕訕地轉移話題。「我也想知道自己的來歷，大部分動物都有父母同伴，在哪出生，死掉時也不會離得太遠，可我從來沒見過同類，這一帶以前都是蛇，連四腳的都少見，莫非我像那些白毛一樣也是被拋棄的嗎？」

囟彡這裡提到「拋棄」二字只是單純直述，牠對父母血親此一概念毫不嚮往。但最近來打擾自己的敵人愈來愈多了，狡獪的囟彡也無法當沒看到。

被摁在地上摩擦的倒楣蛋無一逃過提供囟彡解悶的命運，拷問再拷問各種消息來源後，囟彡也能算是宅獸裡的天下通了，有自動上門的八卦樂趣讓牠更懶得出門歷練。

「我沒有不要你，只是這輩子我的一切已經計算好要用在一千個徒弟身上，這是我的願望。」善解眞人微笑，像在解釋他爲何今天吃烤魚不吃水果。

「切，說得好像我稀罕一樣。」囟彡扭頭看著天空說。

「肥仔啊！你到底是公是母，何時給我個說法？」

「我哪知道那種無聊的事。」牠從沒見過同族，有記憶起就獨自生活在這片群島中，即便知道眞人來自另一塊更加廣袤的大陸，也沒想過離開。

「既然我摸那麼多次都沒摸到蛋蛋，你八成是母的吧？」話說回來，這肥仔還眞靈活，出手多次的眞人也無甚把握。

「你才是母的，你全家都是母的！」赤紅異獸竊聽敵人聊天時，母的往往是罵人的話，當下認定毛頭不懷好意。

「好吧！你也有可能是被踢嗯啊。」

「踢嗯啊？」

「我在夢中見過，是遙遠未來異世某些類人之種對野獸做的絕育放生術，不過有些天人也會對坐騎這麼做。」

再度覺得不是什麼好話的赤紅異獸直接一爪揮去。

凶豸後來側面聽說過善解眞人的奇葩事蹟，爲了湊齊千名弟子，爲其解除下地獄的命運，他經常到處打聽亂七八糟的情報，大夥早已習慣這個小眞人哪天腦袋抽風開始研究凶豸出處，可惜凶豸的存在本身就已經夠冷門，更別提考據來源。

「放話下去總是有通曉妖族祕辛的老怪物回我，想不到肥仔你呢可是和天狐齊名的妖王『赤狸』──的後代之一的屍體化出的分身。」

「吭？」這什麼亂七八糟的設定！

「神佛往往都有坐騎，那些坐騎被稱爲聖獸，總之就是打贏收來的寵物啦，不曾被收服過的大妖也是不少，但顏質還能和天狐媲美的屈指可數，你的老祖宗『赤狸』失蹤前就是這麼個存在。」

赤狸性淫，後代千奇百怪，大多被神人討伐消滅，其中有一後代被追獵至死後分裂爲一群能自由變化的凶豸，誓言將敵人與其支裔獵食殆盡，當時追獵者皆是神人，因此凶豸有獵食人形生物才能成長的特性。天界將凶豸定調爲魔種，經過一番苦戰犧牲才殲滅這種怪物，沒想到還漏了一頭。

但天狐作保凶豸只是妖王後裔走投無路下無性生殖的妖獸，神人與妖族的血仇不宜再加深，凶豸遺種因此被作爲天界政治交易的祕密保留迄今。

「神魔大戰要開打了，雙方無不積極備戰，天狐的面子也不那麼管用了，畢竟那傢伙管的閒事太多，像你這種例子也不是唯一一個，許多強大凶遺種早就積極投身妖族戰線建立勢力自保，只剩你還狀況外。反正這場大戰不是明天就打，那位天狐老兄的作風頂多是丟根釣竿讓你自己釣魚，你若不想活得瀟灑，當pet也挺可愛的。」

凶豸覺得自己的臉有點綠，沒想到是傳說中半人半妖的變態天狐隔空伸了這麼長的一隻爪，不過善解倒是爲凶豸一直以來感受的遠方異常氣息提供答案，原來是戰爭的硝煙味。

根據最新情報，天界同意凶豸可以不是魔種，但牠的力量必須爲天界所用，當然不是作爲同伴，唯一的做法是將之收爲戰騎。不屬於任何陣營的天狐則不以爲然，當初善解會漂到凶豸棲息的小島，最有可能的解釋是天狐的惡作劇，拉善解落坑給天界使點絆子，畢竟善解眞人爲了自家徒弟們和天界對幹不是一兩天的事。

「我又不認識天狐，他幹嘛那麼雞婆？」凶豸狐疑問。

「孤兒算是那傢伙的心結吧！我們都是眞人，我品種複雜的徒弟們皆因無家可歸才入我門下，他大概把我當成同好了。」

「聽起來很不靠譜。」

「對了，天狐其實是貓控，有點嚴重的那種。」

「……」

其實無論是自己的身世，抑或善解的家務事，對凶豸來說都只是解悶的故事而已，白毛也說牠不像傳說中嗜血好鬥的瘋狂凶豸，或許是天狐爲了保住最後一頭凶豸給牠下了混吃等死的終極懶惰封印。

「我覺得你們比我更無聊，才會打打殺殺或者養一千個徒弟企圖實踐偉大命運。」凶豸說。

「肥仔，你居然看破眞相了。」善解搓著下巴驚歎。「不過我要修正一點，關於我的部分不是命運，而是願望，願望當然要靠自己實現，這樣才好玩。」

最後一句話不知爲何總在凶豸心中徘徊不去。

□

又好多年不曾碰見善解，認識得愈久，白髮小眞人到來的間隔便愈長，凶豸倒是聽說他幾乎將弟子都集全了。

心裡有點酸酸的，好比家裡蹲阿宅羨慕國中同學有車有房年收百萬，凶宅……啊不，凶豸聽善解眞人說故事打比方時，善解問牠寧願一個人在家懶散開心，還是和許多人一起打拚事業，凶豸想想記憶中那些形形色色的「人」令牠倒胃口的嘴臉，毫不猶豫選了前者。

牠終於不甘心地承認，善解那個事情很多業障更是沉重的願望，同時也很有趣，另一方面，善解距離道消身殞的結局不遠了，總之白毛告訴過凶豸一旦弟子到齊，他或許再也不會出現。

在這個活著可能變成怪物，死了又是另一種怪物的世界，除非是像裸蟲這種小到吃掉就消化不見的動物，大凡有點力量的存在都不會因爲死掉就消失，最接近消失的概念就是被吃得乾乾淨淨，善解花了好大工夫才讓凶豸明白消失和死亡的差別。

不老不死的善解會消失，像是乾涸的露水，被砂礫吸收的浪花，海天之際沉沒的夕照，或是莫名其妙就不再閃爍的星光，那些凶豸司空見慣的自然變化。

凶豸不開心，決定下次善解出現，牠要全力搏殺吃了小眞人，至少能確保這白毛混蛋就消失在牠的肚子裡。

「晚安，最近好嗎？肥仔。」善解眞人站在浪花上，徐徐來到岸邊，他身後是漫天烏雲與陰暗的海，偏偏海天一線處還殘留著一小片未被雲層籠罩的天空，乍看彷彿嬌小身影就這樣支撐著天地。

明明不眠不休苦思好幾天如何發動攻擊，目標當眞出現，凶豸忽然又懶得動了，這才不是捨不得，牠可以等白毛要走前再動手！

「不好！」凶豸冷冷地說。

「欸，我也是。」善解眞人站在巨大的角翼貓面前，表情一如往常。

「怎麼了？」白毛從來不說喪氣話，凶豸比平常還要溫和地反問，其實內心幸災樂禍。

「我的願望永遠落空了，養最久的老大居然自殺，被地獄門呑沒了，爲什麼這樣傻呢？」

善解眞人從懷裡拿出一束黑髮說。

「誰曉得，你不是說過那些弟子本來就要下地獄，終於有第一個例子出現也不奇怪吧？」

從善解的教育中，凶豸明白下地獄也是「消失」的一種，只不過過去的地方會比現在還糟糕就是。

話是這麼說，凶豸認爲善解眞人其實知道大弟子自殺的原因，只是故意裝傻不跟牠分享。

短髮蓬亂如灰白枯草卻有著一雙滴翠綠瞳的小眞人蹲在沙灘上，隨意挖了個洞埋入遺髮。

「你在幹啥？」凶豸對他的行爲不明就裡。

「我以爲他會發瘋屠殺大家，我就不得不爲了抑制他而戰鬥，因此受重傷，剩下的力量只夠我拯救小千，在那之後我就不存在了，這是我預見的未來。」善解眞人淡淡說。

「你的預見不準啦？」

「肥仔，我早就跟你說過，未來不是固定的，業海時時刻刻都在波動糾纏，我能看見不表示必然發生，像收徒弟的事，我覺得有徒弟的未來挺有趣，但我也見過自己孓然一身，的確我可以放棄那一千個罪魂實現自我逍遙，只不過沒這麼做罷了。」小眞人耐心地解釋。

「所以？老大沒了，你還是要收完最後一個弟子然後消失嗎？」凶豸只在乎這個。

「能讓我意外的事似乎不多，是的，我會繼續走決定好的路。」善解眞人拍掉手上的沙子起身。

「你把別人頭髮埋在我的地方是什麼意思？」凶豸不太高興。

「做個記號。現在既然有剩餘的力量，也許我可以再來找你一次。」

那句話如此自然，以致於凶豸根本聽不懂眞人的弦外之音，而善解也無意讓牠聽懂。

那是指白毛救完最後一個弟子又會再來找自己，然後才消失的意思？無論如何，凶豸這麼認爲了，決定等到下次見面再吃掉他，死也不承認牠有一種鬆了口氣的感覺。

「你這次也會陪我玩，說故事給我聽嗎？」牠要求道。

「當然。」

豆大的暴雨狂襲而至，沙灘上頓時出現無數細小水流，凶豸垂下頸子讓善解攀爬，牠要帶白毛到巢穴去躲雨兼炫耀自己的新收藏。凶豸這麼想的同時，不經意注意到白毛的小手不如往常溫暖，有些冰涼甚至微微顫抖。

凶豸在峭壁上挖洞作窩，考慮到不同視野享受和庫存空間有限（總有些來送紀念品的傻瓜），上次見面迄今牠又挖了五個洞窟，現在他們要去的當然是儲糧和玩具最多的一處。

「我冷，想躺躺。」善解眞人說。

洞窟中央有處大火塘，畢竟凶豸也很喜歡一邊烤火一邊睡懶覺，認識善解眞人後，白毛教牠一堆奇奇怪怪的知識中也包括把挖洞時發現的黑色石頭拿來燒，比木頭和炭都好用。

「你生病了？」凶豸想到，一旦白毛消失了，搞不好牠會跟著生這種病就毛骨悚然。

「只是很難過。」善解眞人本來躺在火邊，等凶豸也趴下來後，忽然又站起來，瞄準角翼貓腹部毛髮最蓬鬆的位置咚一聲倒下，凶豸已經很習慣他這個耍賴小動作。

說起來，凶豸會變成「有巢氏」還是善解太過囉嗦所致，更早以前的牠遮陽遮雨都是翅膀一張了事。一人一獸隨隨便便聊著天，從神魔大戰到底打不打到又有幾個倒楣鬼收寵不成反被洗劫，最後話題又回到外面的大雨。

「肥仔，你別再吃倮蟲了，神人也別吃。」善解眞人忽然道。

「爲啥？那麼多東西吃人你都不管偏來管我？」凶豸心想牠原本就不常吃人，除非很餓，不然對戰人型生物牠往往是揍到對手自理不能之後往海裡一丟了事，就是因爲白毛恐嚇過牠外來種身上可能帶髒病和寄生蟲。凶豸嘴上要強，其實要牠吃沒見過的品種還是心裡發虛，連和人長得很像的倮蟲都是村長主動塞供品牠才意思一下打打牙祭。

「『以人食羊，羊死爲人，人死爲羊。』意思是你老吃某種東西，累積的業障會讓你變成那種東西的樣子，然後被吃掉。」

「變成像你一樣只有頭上長毛又用兩隻腳走路的模樣嗎？」凶豸發出嫌惡的聲音。

從牠的反應來看，善解眞人明白凶豸完全沒把自己的警告放在心上。

善解眞人與凶豸在島上廝混了一段時間，眞人又恢復慣常沒心沒肺的狀態，只是那唯一一次的動搖讓凶豸發現，原來白毛還是有弱點的，莫名其妙讓凶豸也跟著不安起來。

臨別之際，凶豸問：「你還會再過來，眞心不騙？」

善解眞人笑著點頭，碧綠的眼光芒閃閃。他從沒提出過要帶凶豸一起走，凶豸早就明白自己不會成爲那第一千零一個，反過來說，能讓白毛這樣一而再、再而三主動來找的只有牠了。

這種特別讓赤紅異獸很得意，就讓白毛的弟子們巴巴地等著他照顧拯救吧！凶豸可沒這麼弱！牠可以照顧好自己，一如既往。

「你要好好過，記得我說過的話，我可是善盡告知義務了。」善解眞人說這句話時隱約有些深意，但凶豸見慣了他連吃烤魚都能搞得很深沉，還亂丟垃圾！

「煩死啦！變成人又不會怎麼樣，你那些徒弟不也人模人樣？」凶豸回嘴。

「肥仔，你現在這樣挺好的，沒有萌萌的貓耳鬍鬚和尾巴，你說自己還有啥賣點呢？」善解眞人上下打量凶豸後痛心疾首地說。

「去你喵的！」凶豸猛然一掌拍下，能把山丘大的海獸頭骨拍裂的巨力，善解眞人卻呼吸不亂輕鬆接住凶豸的腳掌，捏了捏補充：「忘記誇讚肉球了，是我的錯。」

「嘖！快點救完第一千個弟子然後回來吧！」老子會讓你沒空消失在我的肚子以外的其他地方！凶豸敏銳地察覺，善解眞人所謂的消失是前往牠非但追不上也想像不出的遠方，既不在這個世界之中，也非傳說的地獄。

眞人將小小的臉貼著凶豸尖爪，輕聲呢喃：「要等我喔！」

那些被殺掉的凶豸都墜入地獄，不完整的魂魄讓牠們沒能應驗人羊互噉的因果輪迴，而是化生爲地獄生物續食人魂，身纏業火永不超生。這是眞人沒告訴這頭孓遺孤裔的眞相，同時，眞人也知道肥仔不在乎下地獄，問題在於牠根本不明白地獄的觀念，搞不好還會期待同類團聚，一旦墮落則是後悔莫及。

「白毛，你能去地獄看你家老大嗎？」凶豸鬼使神差問了出來。

「有機會我會試試，聽說那是菩薩才做得到的事，我恐怕沒這份能力。」善解眞人坦承不足。

「看來地獄果然不是啥好地方。」凶豸同意以後無論如何都要對「地獄」有多遠閃多遠。

凶豸一閃神，善解眞人就不見了，有夠討厭的退場方式，容易讓牠分不清楚最近一段時間到底是作夢抑或清醒，凶豸偶爾會夢見白毛，夢裡他們也是這般隨性打鬧過日子。

赤紅異獸坐在原地東張西望，甩了甩尾巴，確定善解眞的走了，立刻飛到當初他登陸的位置，用爪尖挖掘被埋下的遺髮，打算有多遠扔多遠，牠的地盤才不要被外人污染。

要做記號怎麼不用自己的頭髮？由此可見白毛根本故意要佔牠便宜給徒弟作墳！瞧這風水寶地不要太讚！

豈料凶豸將沙灘刨出天坑仍沒發現半根黑髮，嚇得牠有一瞬懷疑遇到靈異事件。

白毛埋得那麼淺，肯定是他們前腳剛離開就被浪沖掉了。凶豸用這個合理的答案自我安慰，繼續慵懶度日。

第二話　獸之荼毘

神魔大戰開打了，凶豸照常在天涯海角過著小日子，這次等待時間破了以往最長紀錄，沒能從上門找死的敵人口中問出任何關於白毛的新八卦，凶豸愈發暴躁，狩獵時更加大膽，有如在發洩什麼一般。

終於，有一天島上再度出現不速之客，當時凶豸正結束在深海的一番廝殺，將小山大的獵物拖上岸大快朵頤，海獸內臟外露，腥臭血液染紅大片海水，引來更多小型食肉獸，尖牙利齒的怪物們忌憚凶豸，只敢埋伏在旁偷偷窺伺，飢腸轆轆等著牠進食完畢離開後分杯羹。

「喂！你就是師父說的肥仔嗎？果然很肥。」

聽到這句話，正埋頭吃得滿臉血的凶豸抬起臉，見來人穿著善解眞人系出同門的粗布白衣，一頭漆黑長髮，肌膚吹彈可破，嫩紅嘴唇襯得花朵般精緻的五官更加顯眼，看起來應是雄性沒錯，倮蟲也是雄性裝扮得比雌性花俏。

黑髮青年站在小舟上，距離凶豸不到五十步，凶豸竟然沒發現他接近，這名弟子又是如何穿過周遭密密麻麻食肉獸的包圍而不被注意？凶豸一想又釋然了，是白毛的人，連這點本領都沒有怎麼可以？

牠一伸舌頭舔掉嘴邊的血，沒好氣回話：「白毛呢？怎麼是你來？你算老幾？」最後一句還眞不是罵人的話，連善解眞人自己都用排行或綽號叫弟子。

「吾排行八十八。」善解眞人的弟子並未自報其名，眞名形同要害，在任何時候都不能隨便洩漏，尤其是在充滿壓倒性力量的強者面前，那太容易成爲對方操控自己的鑰匙。

眼前這頭妖獸居然和師父平起平坐，提起善解眞人時完全是親膩的老友口氣，又是個物以類聚的超規格變態。

「是小烏鴉啊。白毛派你來有啥事？他說過會親自來找我，有事耽擱了？」凶豸對善解眞人的弟子綽號如數家珍，成功讓第八十八號弟子額角爆了青筋。

八十八聽見妖獸天眞的反問，眼中出現淡淡憐憫。

「師父離世之前給我們每個人都指定了任務，我被派來找你，交付師父的遺言。『記得我說過的話，眞心不騙』。」八十八一板一眼交代。

「離世？遺言？」凶豸歪著腦袋思考這兩個關鍵字，牠總是不太明白人類遣詞用字的眞正意思，尤其白毛說話方式比神人那些晦氣東西還要拐彎抹角，他的弟子們顯然繼承這個特色。

「那他什麼時候回來？」

「你不懂嗎？師父死了，不會再回來了。」八十八有些激動，明明自己尚在哀悼中，卻不得不萬里跋涉執行這個令人難受的任務，對象還是個白痴妖獸！

「但白毛說過他會回來啊？」凶豸也覺得白毛的弟子是個憨憨，他師父明明當面保證過再來看牠，別說白毛這種實力深不見底的怪胎，就算在倮蟲部落裡，凶豸也常常見到死人回家。死掉了，再復活就好，又不是什麼大事。

八十八終於意識到，凶豸的力量和思考層次都和自己不在相同頻道上，牠更接近某些把頭切下來都能不痛不癢安回去的師兄姊，於是換了個方式解釋。「師父的力量和元神已完全毀滅，更沒有留下任何屍身，無論我們如何盼望，他都消失了。」

「我不太明白，是你騙我還是白毛騙我？你們兩個總有一個在說謊。」凶豸眼神陰沉無比。

「我已達成任務，信不信由你。」八十八厭煩道。

「最後一個徒弟得救了嗎？」凶豸冷不防問。

八十八愣了愣，沒想到妖獸洞悉事實的程度如此之深，足見牠與師父交情非凡，黑髮青年坦然道：「是的，正如預言的那樣，師父讓被天界剁成肉醬、連同魂魄一起粉碎的小千重生了，因此道消身殞，但他囑咐過我們不要怨恨，因果輪迴，即便是羊也能食人，不如比賽誰活得更好。」

「白毛救了小弟子以後多久才消失？」凶豸只在乎這點。

「立刻。快到我們連告別的機會都沒有，所以師父才必須事先安排後事。」

「好吧！既然不是故意騙我，就不跟他計較了。」凶豸也懂計畫趕不上變化，正如善解人沒預見大弟子自盡，他搞不清楚留多少力量能拯救小弟子在情理之中。

八十八見凶豸滿不在乎繼續撕咬生肉，不禁氣道：「吃吃吃，盡情呑個飽腹吧！當心哪天沒得吃餓死。」

黑髮青年回過神來渾身發冷，意識深處掠過奧祕難解的波紋，他的言靈經常會無心命中眞實，不，剛剛那只是氣話而已。

「滾吧！小鬼！你現在還沒趴在地上，純粹是靠你師父的面子。」凶豸咧開滴血的大嘴。

黑髮青年冷哼一聲拂袖駕舟離去，周遭小型食肉獸接觸到揚起的水波紛紛昏迷沉入水底，伊人不久即沒入海霧中不知所蹤。

周遭無比安靜，半晌，凶豸猛然將頭浸入水中，再度揚起甩了甩鬃毛，水花四濺，海風吹乾妖獸線條優美的臉孔，凶豸意興闌珊地仰望湛然如洗的天空，腳下血腥泥濘。

「眞沒意思。」牠說。

□

善解眞人的弟子離去後，凶豸又恢復遇見白毛前的單調生活，被有毒異世界擾亂的歲月僅是曇花一現，牠照舊獵殺龐大海獸，擊敗各式各樣肖想收寵的敵人，由於凶豸向來只喜歡夠分量的獵物，間接肅清許多周遭幼小生靈的天敵，被愈來愈多原始部落崇拜畏懼著，凶豸從不拒絕任何一份祭品，就這樣，數十年又過去了。

即便白毛嚴正警告，凶豸仍未戒食人肉，但也沒有刻意唱反調大量吃人，此時凶豸已然陷入某種微妙賭氣心態，認定對白毛的話認眞就輸了。

南方巨洋的暴虐天氣說變就變，大浪拍岸，雨瀑澆灌，草木因此摧折，岩石滑動滾落，萬象合成的天籟早就融入凶豸骨血，昭告著狩獵時刻來臨。

海象癲狂時往往翻出一些大物，過去凶豸早就迫不及待衝去攔截食物，今天卻筋骨鬆軟不想動。

忽然間，再熟悉不過的旋律中混入一縷輕音，似蟲鳴又似鳥叫，幾乎完全被風雨怒吼淹沒，凶豸卻像眼睛進了沙子般跳起來，已經很少有事物能引起牠的興趣了，千奇百怪的神人與魔族如今都只是形狀不同的沙包，凶豸卻久違地情緒高漲。

赤紅異獸來到海邊，發現岸上有艘翻倒的獨木舟，周身鑲著漂亮的白色木片與多彩貝殼，這是祭品專用的小船。岸上岩石縫隙中持續傳出奇特聲音，凶豸將臉湊近一看，不意外又是個白髮白膚的年幼倮蟲，小祭品似乎不會說話，用繫著細繩的竹片抵著嘴唇，抽動繩子發出響聲。

一瞬有些恍惚，彷彿又看見某個熟悉人影，至少祭品的身形顏色讓凶豸想到白毛那混蛋。

縫隙外忽然出現一張巨大獸臉，年幼倮蟲感覺有生物逼近，不安地轉頭，視線卻沒能和凶豸對上，凶豸看見兩個空洞眼窩，眼球已經被挖掉了。

凶豸考慮片刻縮小身形，一口叼起年幼倮蟲回到巢穴，期間年幼倮蟲不哭不鬧，僅是緊緊握住口簧琴，保持安靜被動就是他僅剩的生存技能了，被轉移到有食物香氣和火焰熱度的洞穴裡也沒能讓他出現更多反應。

凶豸用爪尖扯掉年幼倮蟲身上的破布，發現他雌雄同體，除此之外沒啥特別，又一個沒死在半途僥倖被送達目的地的畸形兒，不具生育力的個體在倮蟲部落裡往往淪為賤奴，連同色素一同變異的怪胎則是作為祭品，不知為何，凶豸棲息的群島特別容易生出性別混亂的白子。

「白毛推測過，也許群島倮蟲部落過去和嗜食白子的怪物做過某些交易，才會擁有這種獻祭儀式和遺傳基因。」凶豸想，如果牠是被天狐救下帶來這裡野放，前任群島之王搞不好就是天狐移除的，人種則是被怪物刻意帶來小島畜養，否則不能解釋這些柔弱生物數量不多卻能通過海洋還到處繁殖。

凶豸自言自語，小小倮蟲聽見說話聲似乎很高興，竟丟掉凶豸拋給他保暖的毛皮大衣徒手亂抓，不經意握住妖獸鬍鬚，然而那微弱的拉力終究沒能造成影響。凶豸又是一怔，往事朦朧浮現。

赤紅異獸輕輕將小祭品撥到火堆旁，又削了幾條煙燻肉絲給他，饒是如此，那些凶豸定義中的肉絲仍是比年幼倮蟲大腿都要粗，年幼倮蟲抓住肉狼吞虎嚥起來。

「你喜歡聽我說話？聽得懂我的意思嗎？」

年幼倮蟲放下肉條——以一個飢餓多天的幼兒來說堪稱怪異的自制力——小人兒拿出口簧琴精準地重複凶豸方才那段話的高低音。

好的，看來不明白，可能只是覺得說話聲很稀奇。

「話說在前頭，我之前撿的倮蟲沒一個成功養大，他們還比你強多了，至少眼睛沒瞎，舌頭也沒被割掉半截。」要養活一個祭品備用也不容易，村人被限制不得接觸祭品，他缺失的器官並非肇因同類粗暴虐待，只有巫醫能做到相對有效的移除和縫合治療，祭品身上的零件是珍貴施法材料，可以讓巫醫爲富裕的同類驅邪治病換取大量物資。

俗話說，沒吃過豬肉也看過豬走路，這句話同樣能應用在飼養年幼倮蟲的凶豸身上，倮蟲的生活習慣早就被牠摸透，能吃啥不能吃啥大致有底，文化方面牠更是超凡入聖，啓蒙教育靠自己綽綽有餘。

善解眞人死後，這是第一次凶豸想爲自己找個伴，哪怕是壽限如同雲煙般的倮蟲。白毛不也養了一千個徒弟嗎？牠連一個都養不了豈非遜斃了？

凶豸拋棄過去不省心的飼養動作，全力回憶和白毛聊天的點點滴滴，按著他們的規矩肯定是能把這隻殘廢小倮蟲養得不錯。名字……當然得有名字！白毛收弟子第一件事就是爲其取名，但凶豸自己都沒名字了，做起不習慣的事渾身彆扭。

「既然頭髮是白的，你就叫……嗯，白毛吧，以後我說這兩個字，你就回一聲。」凶豸一陣心虛，轉念一想，反正讓牠這樣叫過的人也不存在了，一個稱呼罷了，回收使用多環保！

牠用角尖輕輕點著小白毛的胸口，重複一次他的名字，小白毛馬上懂了，「啊嗯」答應著，凶豸有點驚訝，方才最凶險的時候也不見他出聲哀嚎，牠還以爲小白毛連聲帶都壞了。

無論如何，凶豸至少懂得一件事，小白毛認爲現在待的地方比之前好多了。這隻可憐的年幼倮蟲怕冷怕黑，經常捱餓，習慣坐在原地動也不動，顯然他之前是被關在地窖之類的地方，爲逃跑或不聽話吃過苦頭。

小白毛知道火焰的危險，巧妙保持適當距離，全身心享受溫暖，卻不顧身邊有頭大妖獸，一個勁面向火焰，有如透過肌膚和嗅覺回憶曾經的光明。

在那之後，每一天都過得很快樂，凶豸載著小白毛到處飛，讓他感受不同島嶼的物種風情，每當夜晚或颳風下雨，牠就將小白毛藏在毛皮裡，用翅膀輕輕蓋著他，再爲他生起篝火。

小白毛不時會由獸毛中鑽出一顆頭，用他那空盪盪的眼眶凝視太陽般向著火堆，不安分的動作搞得凶豸發癢，卻從未喝止他。

除了外表畸形，倮蟲之中偶爾會出現智商不亞於神人的異類，傳聞魔族最喜歡蒐集這種寵物，雖然凶豸自己也沒資格說別人，小白毛大概出生就備齊兩種異常，沒幾天就能用口簧琴和凶豸進行簡單對話了。

小白毛有股魔性，竟能哄得牠變成能讓他抱在懷裡的大小，還對凶豸上下其手不亦樂乎。

是的，變化自如才是凶豸最大的賣點，牠能縮小鑽進比自己大數十數百倍的巨獸體內，將牠們的內臟攪得一塌糊塗，對那些神人原形而言，再也沒有比凶豸更棘手惡劣的掠食者，因此凶豸才會被列爲天界公敵合力殲滅。

縮到家貓大小的凶豸，額角只剩下小小凸起，翅膀也變成兩片小肉芽掛在背上，尾部銳刺摸起來像嫩木芽，毫無殺傷力，小白毛會用手慢慢地撫摸牠全身，直到凶豸發出呼嚕聲，彷彿小白毛也能幫牠遮風避雨，很新奇的體驗。

小白毛不喜歡笨拙的斷舌，他能用口簧琴製造靈巧華麗的音節，其中疑似充滿優越感。

好景不常，季節剛剛變換，小白毛的健康急劇轉壞，只要一出門就發燒，傷口好得極慢，凶豸只能讓他住在洞窟裡，即便如此，小白毛還是不經意磕碰出許多小傷，甚至被火燒過。

經常粗心受傷對一個早已熟悉擺設的盲人來說不合理，凶豸於是確定，小白毛喪失痛覺了。

傷口開始蔓延感染，手腳遍布青黑色。倮蟲的身體壞得真快啊！還能撐幾天呢？凶豸趴在前腳上凝視竭力裝作若無其事呼喚自己給他摸摸的小白毛，內心這樣想。

第一天見到小白毛時，凶豸從他的呼吸裡聞到強烈藥味，心跳不尋常地快，那股藥味在半個月以前已經蕩然無存，恐怕是巫醫用來增強祭品免疫反應和刺激精神的特殊藥物，爲的是讓祭品在獻出時盡可能保持良好狀態，至於副作用根本不在考慮範圍內，反正馬上就會死掉！

小白毛見凶豸遲遲不理他，喪氣地垂下頭。凶豸推測著，再過一會兒小白毛就會連坐著都沒辦法，肺水腫症狀已經開始，接著這弱小存在再也無法吹響口簧琴，只能躺著動彈不得、呼吸困難直到斷氣。

年幼的倮蟲再度抬起頭，握著口簧琴點點額頭，然後點點胸口。

「要我用角殺了你嗎？」凶豸問。

小白毛不好意思地笑了笑，像是在說給島嶼主人添麻煩了，也像在說他真的很痛苦。

「你知道嗎？我跟某個混蛋聊倮蟲謀殺手法時，他說過用槍射或刀捅心臟死得還不夠快，等心跳停止缺氧要半分鐘，直接截斷頸動脈對大腦的血液供應，短短幾秒就能失去意識。」這段話比較複雜，凶豸確定小白毛真的聽不懂，牠只是想說出來而已。

凶豸再度變化，小白毛則從細碎無比的步伐得知妖獸縮小了，立刻對凶豸張開雙臂燦笑。

牠緩慢地走過去，將小白毛撲倒在獸皮毯上，小白毛則擁住牠，下一秒，凶豸以迅雷不及掩耳的速度咬斷小白毛的脖子。

鮮血泉湧，攀在牠身上的小手鬆落，小白毛依然笑著，既無怨恨也無驚恐，凶豸愣愣看著身首分離的小人兒，牠好像生了和善解真人一樣的病，不過，凶豸才不要把小白毛埋起來，那樣馬上就會被其他食肉獸挖出來吃掉。

凶豸沒恢復日常活動體型，就著那副比家貓略大的微縮體態一口一口吃乾淨小白毛的身體，甚至連骨架都剔得乾乾淨淨，唯獨頭顱被動也不動地擺在石盤上，噙著栩栩如生的微笑。

牠再也聽不見雨聲、風聲或是海床噴火的聲音，四周靜得可怕，總覺得口簧琴聲響就在耳畔徘徊不去，幾個日夜過去了，凶豸終於發現一件不尋常的事，山洞裡不見蠅蟲到訪，小白毛的頭顱更未出現腐化跡象。

「你到底是誰？」凶豸質問屍骨。

一道熟悉的輕柔嗓音環繞著小白毛頭顱響起，帶著點口簧琴的嗡鳴餘韻，那是魂魄之聲。

「我的肉好吃嗎？」

「那句話的意思……原來如此……你他媽的變態啊！」凶豸暴怒。

好痛，無法呼吸的燒灼劇痛，宛若生吞一團烙鐵，全身血脈筋肉瞬間被拉成直線，令牠動彈不得，凶豸只能愣愣地望著那顆斷裂濺血的頭顱，善解眞人的魂魄再度甦醒，如往日般友好閒聊。

過去，殺戮與戰鬥是牠的天性，如同呼吸喝水一般，善解無論如何比喻，凶豸都不明白「殘忍」的意義，直到這一刻，凶豸終於懂了，眞人無論對自身或對牠都是匪夷所思地殘忍。

「你坑我，你會有報應的！」凶豸氣到都不知自己在罵什麼了。

「那份『報應』正合我意，何況我有說謊嗎？都說會回來找你，沒發現是你傻，哈哈！」

善解眞人恢復前世意識第一件事就是調戲凶豸。

凶豸深呼吸，就當特大號的愚人節玩笑好了，牠總能想方法整回來。

「算我倒楣上了次當，你可以復活了吧？裝這麼久不嫌累嗎？死白毛！」

眞人道：「不是假裝哦！我的確死了，爲了你又投胎了一次，那些失憶、折磨、飢餓、殘缺和死亡都是眞的，這具傀儡屍體當然也不會復活，我只是用自己的定力稍微干涉了小白毛這個四大化身自然變化，不能持續太久，這顆頭遲早也會爛掉。」

囟豸眨巴著大眼，懷疑善解又一次胡說八道。「你這麼做到底是想怎樣？」

「這一次，我眞的要消失了，會輪迴去哪不清楚，只知不會是這個世界，我挺期待的。」善解眞人輕笑。

「不准給我贏了就跑！卑鄙！不要臉！」

「何時談輸贏了，這不是邀你一起遊戲三界嗎？你不努力點可是追不上我的，來追我吧！肥仔！要是追得上，我就帶你到地獄以外的世界樂樂！」善解眞人依然充滿不正經的口氣。

赤紅異獸一聽傻眼，這個人的混蛋程度眞是日新月異、突破天際啊！

「汝負我命，我還汝債；以是因緣，經百千劫，常在生死。我與你總有一天會輪迴在一起，看來會去人間，過去沒能給你的情分和拯救，姑且先記在帳上，來生我再試試。」善解眞人語調一轉，奇特的溫柔彷彿要蝕穿妖獸骨髓。

「雞婆！有病！我說過不需要了。」囟豸激動吼道。

「但我偏要，不接受反對意見。你要是下地獄的話，我們就真的後會無期了，偏偏你又管不住那張饞嘴，只好由我替你管管，以後你若要吃人，就想想今天這份人肉的滋味。」

凶豸瞠目結舌，原來白毛的弟子們就是這種苦逼的感覺。

「再會了，肥仔。」魂魄語罷隨風而逝，頭顱上那股如露珠凝聚般的靈性同時消失，凶豸立即察覺頭顱開始腐敗的細微變化。

「連我的回答也不聽，就是逼我非得跟上找你抱怨的意思嗎？」赤紅異獸喃喃自語。

善解真人消失後，凶豸開始頻繁作夢，無論那些夢如何多彩繽紛，最後總是以小白毛的死收尾。牠不再進食，不只是人肉，所有肉類都讓牠反胃。白毛曾說過牠的同類都是被殺掉的，所以凶豸也無法確定牠不進食會不會餓死。

唯一讓凶豸慶幸的是，面對日益增加的獵手，牠的戰力非但沒減低，偶爾還會刷新最佳紀錄，牠在燃燒某種自己也不明白的東西。

某一次被圍攻戰到忘我時，凶豸猛一回神發現身上毛皮全變成了火。

「不打了不打了，這妖獸每次都燃燒元神戰鬥，真降伏了牠也沒多久壽命好使，何況聽說這頭凶豸不吃東西，大概生病了？拿啥食物去馴？還得替牠治病，不值！」

其中一個神人抱怨後抽手離去，宛若骨牌效應般，敵人一哄而散，凶豸的島一下子門可羅雀，用白毛的話說，就是牠作爲寵物和戰騎的CP值嚴重降低。

最後只剩下一個白袍小兵撿破爛般纏著凶豸不放，也眞夠能耐了，凶豸不得不誇獎這個跟蹤狂似的神人。白袍小兵的能力其實不低，堅忍狡猾，善戰也善逃，能排進凶豸遭遇過的敵人中上之流，然而裝備與人脈卻是妥妥的最後一名，從來沒見他找同伴助拳過，每回都企圖單刷角翼貓，然後被凶豸丟去外海餵魚。

白袍小兵的習性其實和凶豸有些相像，後來凶豸與其說禦敵，更像是耗自己的命耍著對方玩，但牠已經不會再像收養小白毛那樣，對人模人樣的生物存有任何幻想了。

善解眞人可說是被天界間接害死的，凶豸對神人更加沒好感，神人不見得都屬於天界，然而會想參加神魔大戰還到處蒐集武器坐騎的神人，十之八九是天界陣營，白袍小兵則是毫不掩飾自己的龍傲天傾向，打累了就開始吹起邀請凶豸共創天界霸業的大牛皮。

「我說天天啊，你遺傳的本初血脈應該挺狂的，爲啥混得這麼慘？」天界的天兵，簡稱天天，身上就一件歷史悠久的灰白破袍子，偶爾還會露點辣眼睛，連凶豸都想把牠戰利品裡最醜的那件甲胄施捨給白袍小兵。

「欸，被你發現了，我父親可是西王母嫡子。」白袍小兵不可一世地說。

「所以你有親眼見過父母嗎？」凶豸鬼靈一笑。

白袍小兵立刻垮下肩膀。「養大我的妖精是這麼說的。」

妖精雖然比倮蟲強大長壽且聰明無比，但在神人眼中妖精和倮蟲其實差不多，都是能用一指蹂躪的低下生靈，白袍小兵這種身世比孤兒還不如，在天人眼裡甚至近乎污穢，想在虛僞的天界出頭，不如加入實力爲王的魔族更實際。

「你要不要考慮改陣營？反正魔族原本也是神人。」凶豸老實吐槽了。

「我倒是想，可惜這副金剛身軀完全不受魔氣影響，看來只能走上險峻的正道征服天界了。」白袍小兵撥劉海的樣子讓凶豸爪子好癢。

「要是能騎著赤狸後裔衝鋒陷陣，目前鎮守北溟海戰場的大將一定會對我青眼相看！爲此得罪天狐也値得啦！」

「有夢最美，希望相隨。」凶豸憐憫地看著這名天兵。

「不愧是化生種，在元神耗盡前一瞬都能使出極致的戰力，若不斷食人則壽命疑似無窮，難怪天界過去非得用超規格戰力絞殺你們凶豸。話說，你爲啥不吃東西？不會想吃我嗎？」白袍小兵興致勃勃問。

這名天兵當然確認過前人下場至少都不在凶豸嘴裡才敢接近試探，凶豸並沒有與他深入交流的興趣，只能說其他敵人無聊得能殺死貓，一時嘴賤搭訕，沒想到白袍小兵卻打蛇隨棍上。

「我爽。」凶豸說。

「可不可以別再製造火焰了？那些都是我將來的本錢。」白袍小兵心疼道。

凶豸的回答是送他一顆特大號火球，被白袍小兵驚險地閃掉。

「最後一頭凶豸主動絕食外加燃燒本命，天界當然是樂見其成，我搞不懂的是，你甘心就這麼結束？」白袍小兵已經倦了陪妖獸玩你追我逃的遊戲，冷不防揮舞斬馬刀，一道綿延銀光如浪潮般橫掃半空，幅圍籠罩大半個島嶼。

這傢伙居然隱藏實力？白袍小兵這記殺招已凌駕所有凶豸曾遭遇的下級神人，至少是能放地圖兵器的高手了。

凶豸一個空中翻滾避開斬擊鋒面，心道今日就耗盡元神打他個轟轟烈烈也不虧，豈料白袍小兵一擊不中卻未繼續連招，凶豸轉頭一看，島上某座山頭被削掉了，露出牠日日棲息的洞窟內部。

「你故意砍偏？」凶豸語氣流露殺意。「敢動我的東西，活膩了是唄？」

「就算只剩彈指瞬間的戰力，能爲我所用都是划算——原本這樣想。可是，你比我想像中要有意思許多，不禁讓人好奇這座島到底哪裡好，值得你死守不放？」白袍小兵若有所思道。

「你可以加入我的行列，特別爲你破個例，給你東邊海景第一排的位置，保證每天張嘴就能吃到海藻。」凶豸不陰不陽回道。

「敬謝不敏。我不跟你打了，就問一句，你不覺得我這把神器必須搭配夠酷炫的坐騎才不顯得遺憾嗎？」白袍小將高舉斬馬刀的瞬間，凶豸確定他是個貨眞價實的傻逼。

「最需要遺憾的應該是你的腦袋。」

「難道沒人能打動你的心？如此高傲，眞是令人貪戀。」白袍小兵頓了頓，恍然大悟續言：「不對，這麼明顯，我之前怎麼沒看出來，太糊塗了。那個牢牢抓著你的心的傢伙就睡在旁邊對嗎？」

白袍小兵望向洞窟岩縫裡放置著的骷髏堆，嘴角浮現感慨笑意。

「答應我，有緣再會，到時候務必轉生成可愛的小姐，我先去參戰啦！」白袍小兵趁凶豸遲疑先回防巢穴還是先揍人的瞬間熟練地逃之夭夭。

明明就會騰雲駕霧，比衝刺速度凶豸還沒把握穩贏，白袍小兵某種程度上令牠聯想到混蛋白毛。上級神人不希罕也不必依靠外力戰鬥，本身就看不上凶豸這種異物，過往大批凶豸無一被馴養而是直接滅殺這一點就是證據，只能說白袍小兵身世特殊，品味更特殊。

白袍小兵害凶豸花了好大工夫搬家，牠詛咒對方吃東西必拉稀一輩子。

時光荏苒，長久不曾清理海獸的凶豸也被倮蟲部落遺忘，敗於凶豸的敵人將寶藏傳聞流布出去，上門找碴的敵人目的改變，數量卻增加了，凶豸在捨生忘死的戰鬥中浴血而立，偶爾會有牠化爲一團火的錯覺。

只要胸中那道火焰持續燃燒，牠就不覺得飢餓，然而這樣的日子終於走到盡頭了。食肉獸將凶豸所在的島嶼圍得水洩不通，這些狡猾嗜血的野獸和凶豸共存迄今，對凶豸狀態無比敏感，即將餓死的凶豸是千載難逢的一頓大餐，不僅如此，牠的血肉也可能讓這些低等食肉獸進化成更強壯聰明的生物。

這個世界的法則總是如此，吃與被吃，得到力量的生物活下去，變成自己都認不出來的樣子，直到被吃掉爲止。凶豸很清楚，只要牠的威勢鎮不住周遭生物，這些食肉獸便會一擁而上將牠扯成碎片，怪的是，牠竟覺得這樣也挺好的。

意識漸漸昏沉，朦朧中，小白毛的口簧琴聲帶著牠來到空無一人的綺麗村落。

笑嘻嘻的人影坐在村口的巨石上迎接凶豸，像是在說弟子們皆已轉世，他的使命圓滿結束，可以專心陪凶豸玩了，儘管這個白毛只是幻影。

明明是作夢，居然也能這麼開心。凶豸走向那人。

「警告過你了，肥仔，我要把你變成人，繼續在世上苦惱翻滾，至少不會那麼快掉進地獄和同類相混。」夢裡的眞人該死地欠扁。

夢裡的凶豸似笑非笑回應道：「你欠我的債，全都要給我還乾淨，別以爲能一直這麼跩，走著瞧！」

凶豸猛然撲向那抹嬌小的白髮身影，那人卻化爲片片金色花瓣消失。

短暫的夢醒了，小白毛骷髏中長出一株綠色植物，嫩芽在凶豸注視下飛快抽高，結出鮮紅花蕾，花蕾膨脹，牠的心跳漸漸變慢，最後闔上眼簾。

那朵紅玫瑰在死蔭黑幕中依然鮮明地怒放，吐露著不可思議的芬芳。

「變成骷髏以後，我也要像你一樣消失了，白毛。」凶豸留下這句遺言，就此停止呼吸。

若干年後，一場海嘯淹沒藏著兩具枯骨的山洞，不斷漲高的海面則將荒島永遠埋藏於水下，凶豸成了無數傳說中的斷簡殘篇，也在天界紀錄中留下惡名昭彰的一筆。

偶爾有些故舊到海島沉沒處憑舟紀念，或嘆息或一笑而去，更有些追尋傳說的好事者前來挖掘凶豸蒐集的寶藏，卻因海流多變，凶惡的食肉獸與無所不在的致命漩渦，運氣好的無功而返，倒楣點的就成了飼料。

很久很久以後，故事又在另一個世界重新開始。

番外篇〈善解人意〉完

後記

二〇二〇年是充滿歷史大事與動盪不安的一年，新冠肺炎陰影籠罩全球，台灣卻有驚無險，反而奇蹟般蓬勃發展，或者這麼說，正因爲災難連篇，有種求生本能被啓動的感覺。

身爲市井小民，我的生活充滿挑戰與壓力，更因此嚴重影響創作，很多時候身體勉強應付完日常工作後，精神宛若一團焦慮爛泥，舊傷、職業病或小意外不時拖後腿，只能緩慢地推著稿件進度，更多是停滯不動，徒然在腦海中琢磨，最後是角色們拉著我走到結局，一如既往，故事總是能拯救我。

對作者來說，再也沒有比《玫瑰色鬼室友》更快樂的創作過程了，先是在網路連載結識喜愛這個故事的人們，後來有幸付梓獲得更多推廣與資源，得以反覆推敲修整劇情，同時在出版社與編輯的愛護——以及作者的任性腦洞中華麗地寫出故事全景，實在是稀罕的幸運！

本來應該優先感謝讀者，但現在我想稍微調換順序。在《色鬼》的出版過程中認識的責編們，幕後默默支持的總編以及創作美圖帶給角色強大加持的繪師哈尼正太郎老師，當然還有其他不可或缺的協力工作者，同爲成就這套作品的隊友，以上是我寫完這個故事後優先想致謝的對象。

這邊有個和過去不同的特殊理由，那就是現在的我無法像過去那樣拚命寫作，一來必須兼職賺生活費，二來是我的身心不堪負荷，即便如此還是想要延續自己的創作生命和故事品質。感謝原本就很重要的出版方同伴願意給我空間和機會好好地寫完這個故事，某種意義上，對我自己和喜愛《色鬼》的讀者都有如通過一座隨時可能崩塌的吊橋般驚心動魄。

然後，對喜歡這個故事的讀者們更是致上深深的謝意，諸位精神與實質上的支持，是我完成《色鬼》不可或缺的元素，每個角色都是值得投資的潛力股，歡迎讀者們盡情妄想，正如作者竭力編織自己認為最美好的劇情發展，但不同CP有不同樂趣，這是讀者才能發動的魔法。

回首來時路，為自己又打造了一座迷宮感到驕傲，畢竟作者就像是等待勇者上門冒險的魔王，埋入寶藏、創造足夠有趣的機關地下城是吾輩義務。

在後記中要特別呼籲的地方是，文中提到武術的部分，仍是倡導以修心自保為主，在練習時不但得留心保護自己也要保護對手，平常更不能拿來作為暴力手段。即便不實戰，武術也可以是對促進危機反應和對自信很有幫助的運動，畢竟現代社會令人心痛的霸凌欺負和暴力事件層出不窮，或者生活忙碌無暇運動，我總是認為武術（無論種類）可健身兼防身是很划算的選擇。

這次以「輪迴」和「業報」作爲貫穿整個故事的核心題材，倒不是想說教，而是我認爲這是兩種非常浪漫也相當恐怖的概念，值得一書！過程中小艾的掙扎與選擇，爲此付出的代價，眾人各自的追尋與執著，交織出種種不可思議的互動，就連作者也想知道接下來會發生什麼事。

「友情」一向是我作品中的聖杯，這意味著攪拌粉紅泡泡對我是件苦差事，然而，角色們總是生命力蓬勃地自由發揮，難得有修成正果的例子，我也覺得很神奇（咦）！此外，正如本書所描寫的，小艾與薇薇並非眞的分手，而是爲了不浪費千載難逢終於再會的緣分，在不遠處各自奮鬥，甚至由此展開新冒險，這邊容我暫時向讀者賣個關子。

「無緣何生斯世，有情能累此生。」藉傅斯年先生這句名言形容本書裡的眾生再好不過，確實如此，必得如此，小艾和薇薇則是從相遇到分別都不曾離開彼此心中最特殊的位置，最後由番外篇前世因緣畫下句點，有如補上新月缺口，小艾的故事到此爲止可說是圓滿落幕了。

仍是那句老話，期待我們在故事中繼續相逢，希望打開此書的你擁有玫瑰色的人生。

璴流　敬上

二〇二〇年十二月

國家圖書館出版品預行編目資料

玫瑰色鬼室友. vol. 8, 禍潮湧現 / 林賾流 著.-- 初版.--台北市：魔豆文化出版：蓋亞文化發行，2021.01
面； 公分.--（Fresh；FS184）
ISBN 978-986-98651-9-7(下冊：平裝)

863.57　　109021473

fresh FS184

玫瑰色鬼室友 vol.8 下 禍潮湧現（完）

作　　者　林賾流
插　　畫　哈尼正太郎
封面設計　莊謹銘
責任編輯　盧琬萱
主　　編　黃致雲
總 編 輯　沈育如
發 行 人　陳常智
出 版 社　魔豆文化有限公司
發　　行　蓋亞文化有限公司
地址：台北市103大同區承德路二段75巷35號
電話：02-2558-5438　傳真：02-2558-5439
電子信箱：gaea@gaeabooks.com.tw
投稿信箱：editor@gaeabooks.com.tw
郵撥帳號 19769541　戶名：蓋亞文化有限公司
法律顧問　宇達經貿法律事務所
總 經 銷　聯合發行股份有限公司
地址：新北市新店區寶橋路二三五巷六弄六號二樓
電話：02-2917-8022　傳真：02-2915-6275
港澳地區　一代匯集
地址：九龍旺角塘尾道64號龍駒企業大廈10樓B&D室
電話：+852-2783-8102　傳真：+852-2396-0050
初版一刷　2021年1月
定　　價　全套兩冊不分售・新台幣 439 元
Published and printed in Taiwan

ISBN 978-986-98651-9-7

魔豆